공
장

문화의 길 006
노동의 기억 도시의 추억
공장
ⓒ 정윤수 2013

초판 1쇄 인쇄 2013년 10월 23일 초판 1쇄 발행 2013년 10월 30일
지은이 정윤수 **펴낸이** 이기섭 **기획** (재)인천문화재단 **편집** 최광렬 **마케팅** 조재성 성기준 정윤성 한성진 정영은
관리 김미란 장혜정 **디자인** 오필민 디자인 **펴낸곳** 한겨레출판(주) **등록** 2006년 1월 4일 제313-2006-00003호
주소 121-750 서울시 마포구 공덕동 116-25 한겨레신문사 4층 **전화** 02)6383-1602~3 **팩스** 02)6383-1610
홈페이지 www.hanibook.co.kr **이메일** ckr@hanibook.co.kr

ISBN 978-89-8431-722-2 04080

문화의 길
총서
06

노동의
기억
도시의
추억

공장

글·사진 정윤수

한겨래출판

일러두기

• 이 책은 2012년 5월 7일부터 2012년 11월 12일까지 ≪기호일보≫에 연재된 내용을 재편집 · 수정하여
  엮었습니다.
• 저자 제공본 외에 이 책에 사용된 사진은 그 출처를 밝혔습니다. 저작권은 해당 출처에 있습니다.

인천의 심장,
공장은 멈추지 않았다

인천은 내륙의 저 은은하고 고즈넉한 문향의 고을이 아니며, 고독한 해풍이 8할쯤 되는 서해안의 외딴 마을이 아니다. 절반은 항구도시이면서 절반은 내륙 깊숙이 크고 작은 산업을 일으킨 인천은 구한말 이래로 그 쿵쾅거리는 심장을 도무지 멈춘 적이 없는 도시다.

새의 관점에서 인천을 내려다본다. 내 작업실에는 한 장의 커다란 지도가 펼쳐져 있다. 인천광역시 지도다. 좀 더 생생한 지역 정보가 필요하면 구글맵을 비롯한 다양한 디지털 콘텐츠를 활용한다. 그리하여 새의 관점, 즉 조감의 도를 그려 낼 수 있다.

북쪽의 계양산과 남쪽의 문학산이 인천의 드넓은 범위를 보여 준다. 계양산에서 시작하여 광마산, 철마산, 주안산, 문학산까지 남북으로 길게 이어지는 야트막한 산맥이 인천을 동서로 나누고 있다. 이로 인하여 인천의 동과 서는 교통의 분리와 발전의 불균형을 겪기도 했다. 이 자연 지형의 난관을 극복하는 것이 근세기 인천의 숙명이었다. 부평을 지나 부천 너머 서울까지 교통하게 하는 역할을 원통이 고개(동암역 앞)와 경명현 고개(계산동 일대)가 맡아 왔고, 산업화 시대 이후에

는 국철 1호선이 담당했다. 한국 철도의 탯줄이 묻힌 인천역은 현재 '공사 중'이다. 아마도 인천역이 업무를 개시한 이후로 지금껏 단 한 번도 공사가 멈춘 적이 없었을 것이다.

인천의 역사에서 가장 중요한 사건이 발생한 것은 1876년(고종 13년)의 일이다. 그해에 강화도조약이 체결되고 7년 뒤에는 개항이 이루어져, 작은 어촌이던 제물포를 중심으로 인천은 급속히 현대사로 편입된다. 작은 어촌을 따라 고깃배가 드나들고 소금밭이 이어져 있던 인천은 오늘날 한반도를 대표하는 항만 산업도시이자 국제공항과 신도시라는 양 날개를 갖춘 거대도시로 변모하였다.

개항 이후, 인천은 동북아의 국제적인 도시가 되었고 지금까지 그 박동은 멈춘 적이 없다. 구한말의 조계지에는 각국 영사관이 설치되고 거류민단의 '신시가지'가 형성되었으며, 일본·러시아·미국·중국 등지에서 건너온 사람들이 낯선 언어와 문화를 인천 곳곳에 흩뿌렸다.

일제강점기에는 정미업을 시작으로 초기 산업화가 시작되었다. 일제는 인천의 항만을 이용하여 쌀의 집산과 방출을 도모하였다. 1889

년 3월 일본이 중앙동에 정미소를 세웠고, 1892년에는 미국의 타운센트양행이 '담손이정미소'를 세웠다. 1910년대에 6개였던 정미소가 1930년대에는 12개로 늘어났다. 이것이 크고 작은 상회와 양조업, 제분업 등을 파생시켜 공업 도시 인천의 바탕을 이루게 된다. 3·1운동이 일어난 해인 1919년 가을에 조일양조주식회사가 세워져 신식 소주를 대량으로 생산하였다. 일제강점기 말에는 풍국제분과 일본제분 등 큰 시설이 들어섰고, 이 가운데 일본제분은 해방 이후 대한제분으로 바뀌어 지금까지 그 역사를 유지하고 있다. 작은 어촌을 중심으로 오랫동안 생계를 건사해 준 소금밭은 제염업으로 발전하였다. 그 밖에도 1912년에 비누 공장인 애경사가 설립되었으며, 1917년에는 성냥 생산 공장인 조선인촌주식회사가 금곡동에 세워졌다.

이와 같은 자연스러운 산업 발달과 더불어 금속·기계 공업화도 추진되는데, 이는 전쟁 물자 수급이라는 일제의 필요가 더해졌기 때문이다. 1925년에 인천공작창이 설립되어 기관차, 객차, 화물차 등을 생산한 것을 시작으로 동국제강, 조선알미늄, 조선차량제조 등이 속속 들어섰다. 특히 1930년대의 만주사변은 인천을 항만 · 공업 도시로 확실히 변모시킨 계기가 되었는데, 이 시기에 송현동 · 만석동 일대가 매립되어 공단으로 변모하였고, 중화학을 비롯하여 기계 · 섬유 · 정미 · 식품 등 거의 모든 산업이 활성화되어 1930년대 말에는 인천 인구 약 12만 명 중에 노동자 수가 1만 명을 상회하는 기록을 남기게 된다.

해방 이후에 인천의 행정구역이 개항 시대의 범위를 되찾게 되었고, 1981년에 직할시 승격, 1989년에 김포군 계양면, 옹진군 영종면 · 용유면 편입이 이루어졌다. 그리고 1995년 1월 1일에 광역시로 확장 개칭되고, 같은 해 3월에 강화군, 옹진군, 김포군 검단면이 통합되는 역사를 거쳤다. 이렇듯 인천이 중국의 상해나 일본의 요코하마와 더불어 동북아의 주요한 거점 항만도시로 거듭나는 동안, 수많은 근대건축 문화유산이 거리 곳곳에 자리 잡게 되었다.

해방 이후 오늘에 이르는 시기 또한 인천으로서는 격변과 격동의 한 세월이었다. 한국지엠, 인천제철, SK에너지 등을 필두로 삼아 자동차, 철강, 화약, 전기, 기계, 방직 등으로 끝없이 확장되는 산업화가 인천

을 공장 도시로 만들었다. 인천의 심장이라 할 크고 작은 공장들이 한반도가 경험한 산업화의 생생한 한 축이었다면, 이 공단 지대에서 끈질기게 이어진 노동운동은 한반도의 민주화를 든든하게 받쳐 준 또 하나의 축이었다.

이러한 역사의 산증인이 되는 인천항을 내려다본다. 최대 5만 톤급 선박 43척을 동시에 접안할 수 있는 국제항으로 인근의 남동공단, 부평공단, 구로·반월·성남의 공단 등 수도권 일대 산업 기지들의 출입항으로서 큰 역할을 맡고 있다. 그뿐 아니라 칭다오, 톈진, 다롄, 단둥, 상하이 같은 중국의 주요 항구도시들과 직접 교통하는 최적의 항만이며, 북한의 남포를 오가는 컨테이너 항로도 개설되어 있다. 인천항 제3 부두 관문으로는 끊임없이 대형 화물차가 드나든다. 거대한 화물차에 의하여 도로는 꿈틀거리고 항만은 부산하다. 대형 크레인은 줄지어 서서 바다 저 너머의 낯선 세계로 떠나갈 물량들을 굽어보고 있다.

여기에 500만 평 규모의 청사진 위로 마천루가 하늘 높이 치솟고 있는 송도 신도시의 모습을 겹치면, 인천항이 송도의 신항만과 손잡고

동북아의 거점 항만이 될 미래를 바라보고 있는 형국이다. 958.24제 곱킬로미터의 드넓은 면적에 280만을 헤아리는 삶들이 인천시를 가득 채우고 있다.

인천의 바다를 남달리 사랑하여 애틋한 정념이 담긴 시를 많이 쓴 시인 함민복은 「달의 소리」에서 "달이 짠 비단 자락/밀물 소리 썰물 소리 갯벌 위에 가득/수만 년 여인의 자궁에 아이의 심장을 직조한"이라고 썼다.

바로 그 인천의 심장은 줄잡아 1백여 년의 근현대사 속에서 단 한 번도 멈춘 적이 없다. 이 책은 2012년 5월부터 6개월 가까이 《기호일보》에 연재한 원고를 수정 보완한 것이다. 졸저 『인공낙원—현대 도시 문화와 삶에 대한 성찰』을 발간한 이후 급변하는 대도시의 삶과 문화에 대한 생각을 좀 더 깊이 다듬던 중에 '인천'이라는 거대한 역사를 다양한 관점에서 재구성하는 인천문화재단의 프로젝트와 만날 수 있었고, 그리하여 쿵쾅대는 인천의 심장 소리를 몇 달 동안 숨죽여 들을 수가 있었다. 인천항이나 인천역의 역사적 숨결을 자세히 살필 수 있었고, 각지에 산재한 크고 작은 공장들을 섬세하게 들여다볼 수 있었다. 거대한 공장의 기계 앞에서 온전히 한 생애를 보내고 있는 강건한 노동의 삶도 머리 숙여 찾아가 보았으며, 미래의 인천을 고민하는 분들의 이야기도 두루 들어 볼 수 있었다. 일을 하는 동안 인천문화재단의 정지은 씨와 《기호일보》의 양수녀 기자가 큰 도움을 주었다. 감사드린다. 이 작은 기록은 거대한 인천, 그 공장의 역사와 문화에 대한 일면의 스케치에 지나지 않는다. 더 많은 분들의 관심과 기록을 진심으로 기다린다.

2013년 9월
정윤수

2부 🌸 공장의 기억과 기록

3부 오늘의 공장 내일의 인천

1부

인천,
공장 지대의 삶

당신은 인천이라는 거대한 공장의

쉼 없이 꿈틀거리는 소리를 들어 본 적 있는가?

인천이 하나의 거대한 공장이라면,

혹은 비유컨대 인천이 살아 숨 쉬는

하나의 생명체라면,

지금 인천은 어떤 소리를 내고 있는 것일까.

인천의
대동맥,
경인고속국도

거대한 공장, 인천

　　　　인천은 거대한 공장이다. 이 말을 듣는 순간, 아마도 몇몇 독자들은 내심 섭섭해 하거나 더러는 불쾌해 할지도 모른다. 공장은 매캐한 연기와 검은 굴뚝과 짙은 작업복을 연상시킨다. 만약 그런 이미지 때문에 섭섭해 한다면 그것은 오히려 인천의 근현대사에 대한 몰이해를 드러내는 것이고, 인천을 지탱해 온 중추가 무엇인지를 망각하는 것이며, 인천을 밑바닥부터 형성해 온 건강하고 아름다운 삶을 애써 외면하는 것이다.

　물론, 인천은 저 국제공항에서 청라를 거쳐 송도로 이어지는, 괄목상대와 상전벽해란 무엇인지를 생생하게 보여 주는 상승하는 마천루의 이미지로도 충분히 표현할 수 있다. 그 토목·건축업의 빛나는 성취 또한 인천이기에, 이 글에서는 송도의 장관을 직접 찾아가서 보는 이를 압도하는 급격한 변화도 기록할 예정이다. 하지만, 그럼에도 역시 인천은 크고 작은 중화학 공장의 거대한 집적체이며, 그 안에서 수많은 사람들이 저마다 꿈을 어루만지며 오늘 하루도 소중한 삶을 가꾸고 있다.

인천이 '거대한 공장'이라 함은 단지 인천에 공장이 밀집해 있다는, 물리적인 현상의 표현인 것만은 아니다. 인천 안에 공장이 많은 것은 물론이고, 인천이라는 대도시 자체가 하나의 거대한 공장과 같다고 나는 지금 말하는 중이다.

혹시 당신은 거대한 건물이 숨 쉬는 소리를 들은 적이 있는가. 혹시 당신은 대낮의 수송 물량을 거뜬히 지탱해 낸 한밤중의 산업도로가 이따금 자기 배 위로 지나가는 차들의 위로를 받으며 거대한 휴식을 취하고 있는 광경을 본 적 있는가. 혹시 당신은 24시간 쉬지 않고 돌아가는 터빈의 용맹스런 눈빛을 마주한 적 있는가. 그것은 흡사 인도 신화의 비슈누 신이 때때로 변신한다는 8개의 바퀴가 달린 거대한 수레, 저거노트처럼 보인다. 고온·고압의 가스 혹은 고압의 압축공기를 가공할 만한 에너지로 변환시키는 터빈의 회전축은 지금도 이를 악물고 인천의 삶을 견고히 지탱해 주고 있다. 오랫동안 기계를 만지며 살아온 사람이라면 이 말들의 뜻을 생생하게 실감할 터이다.

결국, 당신은 인천이라는 거대한 공장의 쉼 없이 꿈틀거리는 소리를 들어 본 적 있는가?

인천이 하나의 거대한 공장이라면, 혹은 비유컨대 인천이 살아 숨 쉬는 하나의 생명체라면, 지금 인천은 어떤 소리를 내고 있는 것일까.

인천이 하나의 공장이라면 어떤 소리를 내고 있을까?(사진 제공: 화도진도서관)

청라와 송도에서 듣는 인천의 소리는 화사하고 청신하다. 주안공단의 눈빛은 그와 다르다. 피로에 지친 눈매에는 고단함이 묻어 있다. 그것은 부평공단의 어떤 표정과 닮았다. 그럼에도 부평공단은, 비록 예전의 강건했던 피돌기에 다소 부하가 걸리기는 했지만, 여전히 노익장을 자랑하고 있다.

몸살 중인 인천의 대동맥

그런 인천의 생명 관계를 잘 보여 주는 혈관이 바로 경인고속국도다. 사람은 길을 따라 걷고, 길은 사람을 실어 새로운 삶으로 이행시킨다. 고갯길이 신작로가 되고, 그것은 다시 고속도로가 된다. 새우젓 배 드나들던 포구는 대양을 바라보는 항만이 되고, 염전과 갯벌과 개활지는 거대한 공항으로 재편된다. 그 상징이 되는 경인고속국도는 산업화로 인하여 기존의 삶이 어떻게 새로운 삶으로 재편되는가를 가장 잘 보여 준다. 이를테면 앞서 말한 주안의 경우 원래는 소금밭이었으나, 경인고속도로 공사가 시작되면서 그 땅의 기억과 흔적을 잃고 수출산업공단으로 바뀌었다. 새로운 산업은 새로운 도로를 원하고, 새로운 도로는 기존의 삶을 재편한다.

길이 23.9킬로미터, 너비 20.4미터, 왕복 6~8차선. 서울시 구역이 0.5킬로미터이고 경기도 구역이 5.8킬로미터이며 인천시 구역이 17.59킬로미터인 경인고속도로는 1967년 3월 24일에 착공하여 1968년 12월 21일에 가좌 인터체인지까지 23.4킬로미터 구간이 우선 왕복

4차선으로 개통되면서 그 역사를 시작했다. 이듬해인 1969년 7월 21일 가좌에서 인천 인터체인지까지 6킬로미터 구간이 연장 개통되었다. 1969년 4월 12일 고속버스 20대가 처음으로 운행되었다.

이 도로가 1960년대 중후반의 결실이라는 점에 우선 주목하자. 개항 이후 인천과 서울 사이의 교통과 수송량은 지속적으로 증가해 왔거니와, 특히 산업화의 기틀이 마련된 1960년대에는 그야말로 폭발적으로 그 필요성이 제기되어 형성된 대동맥이 바로 경인고속도로다. 비슷한 시기에 조성된 경부고속도로보다 길이가 훨씬 짧지만, 한국 최초의 고

사람은 길을 만들고 길은 사람의 삶을 바꾼다. 개통 당시의 한산한 경인고속도로 모습(사진 제공: 화도진도서관)

속도로이자 산업화 시대의 상징으로서 경인고속국도가 가진 의미는 결코 작지 않다. 2008년 말 기준으로 하루 평균 차량 통행량이 12만 4,415대인데, 이는 시작과 끝이 없이 쉬지 않고 수도 서울을 맴도는 외곽순환도로를 제외하면 가장 많은 고속도로 통행량이다. 이 경인고속도로를 바탕으로 수십 년 동안 거대한 공장 인천의 혈맥은 작동하였다. 부평에서 인천항까지, 인천의 초기 산업화 단계에서 중요한 거점이던 공장과 산업단지의 굴뚝들이 이 길 좌우로 행렬을 이루었으며, 그 오랜 풍경은 지금도 고속도로의 남과 북에서 손쉽게 확인할 수 있다.

지금 경인고속국도는 극심한 몸살을 앓고 있다. 비단 출퇴근 시간대의 혼잡만이 아니다. 서인천과 가좌 사이가 일반도로로 변경될 예정이고, 그에 따라 서구 일대의 인구 구성, 주거, 일반 교통 등에 급격한 변화가 예고되고 있다. 인천의 오랜 숙제인 서인천 나들목 주변의 루원 시티 재개발 사업도 영향을 받을 것이다. 20세기 중엽에 가난한 농업국을 산업국가로 탈바꿈시키기 위한 고속도로 기공식이 열렸던 가좌 나들목 일대가 21세기의 새로운 도시 환경을 준비하고 있는 것이다. 인천시가 최근 발표한, 기존의 1도심 6부도심에서 '3주핵 4부핵 6발전축'으로의 변경 역시 경인고속도로의 변화와 맞물려 있다. 3주핵인 동인천, 구월, 부평은 물론이고 4부핵 중 하나인 청라 또한 이 고속국도의 직선화와 연계된 핵심 거점 지역이다. 이러한 변화 속에서 경인고속도로는 장차 동서 간 지역 단절과 각종 도시문제 해결을 위한 입체화를 바탕으로 방음벽 철거, 평면 교차로 설치, 통행료 무료화 등의 난제를 헤쳐 가야 한다.

급속한 변화를 앞둔 경인고속국도는 한창 몸살 중이다.

　지난 2012년 봄 4·11 총선에서 인천 지역 후보들은 하나같이 경인 고속국도와 관련된 공약을 내세웠다. 이 또한 인천이 서울의 하위 베 드타운이 아니라 자생적 문화와 독자적 엔진을 가진 도시이어야 한다 는 운명의 작동이 아닐까. 서울 도시철도 7호선의 청라 연장, 도시철 도 2호선, 도시순환철도, 청라지구 교통 체계 등 인천의 신교통망이 경인고속국도라는 혈관과 직접 연결되어 있는데, 바로 그 대동맥이 지 금 혈전증에 걸리기 일보 직전이다.

경인고속도로를 두어 차례 왕복한 내 차는 이제 서인천 나들목으로 빠져나간다. 산업화에 따른 극심한 변화와 너무 일찍 찾아온 정체성의 혼란을 겪고 있는 인천 서구가 펼쳐져 있고, 그 사이로 빠져나가면 해안을 따라 대형 공장들이 줄지어 서 있다. 인천의 삶을 지탱해 왔고 앞으로도 인천의 엔진이 될, 거대한 공장 인천의 심장이라 할 대단위 공장들이 보인다.

부평,
공단의
20세기

조감도라는 약속어음

　　도시는 망각의 공간이다. 도시는 끝없이 변화하고, 대체로 그 변화를 '발전'이라고 부른다. 변화가 반드시 '발전'을 뜻할까라는 신중한 물음은 거대도시에 막대한 인력, 비용, 시간 등을 투여하여 그 이상의 무엇인가를 획득하고자 하는 사람들에게는 전혀 무의미하다. 크고 작은 선거 때마다 변화를 이야기하고 발전을 이야기하는데, 그 바람에 도시는 수십 년째 홍역을 앓는다. 무엇이 왜 변해야 하는가라는 물음에 대한 대답은 없다. 그들은 대답할 필요성을 못 느낀다. 대답 대신 근사한 조감도를 들이민다.

　조감도는 약속어음처럼 보인다. 새의 관점에서, 높은 창공에서, 과도한 원근법을 활용하여 그려 낸 조감도는 지금 이곳의 현실을 말끔게 지우고, 언젠가 들어서리라고 예상되는 어떤 광경을 찬란하게 보여 준다. 그 미래의 광경을 보고 사람들은 투표를 하고 투자를 하고 모델하우스를 배회한다. 비극적이게도, 그 조감도라는 약속어음이 부도가 날 때가 있다. 예로부터 살아온 삶에 대한 애틋한 감정과 지금 이 현실에 대한 냉정한 판단 대신 근사한 조감도의 미래에 모든 것을 저당 잡히는 삶이란, 가슴 아픈 일이다. 이런 정황이 이 나라 온 도시에서 수십 년 동안 만연하였거니와, 인천도 그 예외는 아니다. 인천이 오늘날 앓고 있는 지병도, 따지고 보면 바로 그와 같은 화려한 조감도에 시의 모든 에너지를 투사한 결과이다.

　인천의 공장을 통하여 이 소중한 도시의 역사와 현재를 조망하는 것을 목적으로 하는 이 글을 위하여 나는 인천의 동서를 횡단하고 그 남

조감도에 발목 잡힌 삶은 오히려 남루하다.

북을 왕래하였거니와, 어느 지역에서든 금세 발견되는 가장 뚜렷한 현상은 바로 이 변화와 개발에 의한 '기억의 망각' 이다. 마치 과거는 한 줌이라도 남겨 놓아서는 안 될 것 같은 강박증에 사로잡힌 듯, 인천은 20세기 중후반의 기억을 샅샅이 없애려고 한다. 재개발은 인천의 도심부를 황폐화시키고 있다. 몇 개의 서점만이 옛 시절의 훈기를 간직하고 있는 배다리 골목은 저녁이 되면 죽은 도시처럼 조용해진다. '축현역' 을 옛 이름으로 하는, 1백여 년 역사의 도심지의 한 풍경이라고 생각하기 어렵다. 이른바 '국제 산업금융도시' 라는 청라 국제도시와 검단 신도시에 더하여 인천의 신도시로 추진 중인 서구 가정동 일대의 루원시티 예정지는 패망한 도시의 황폐함을 연상시킨다.

공장 도시 부평의 탄생

　　　　　나는 지금 경인고속도로로 진입하기 위하여 사방에서 차량이 몰려들고 있는 부평구 청천동 일대를 배회하며 이런 생각을 하고 있다. 일부러 고속도로 가까이 붙어 서서 오가는 차량을 바라보는 데에는 이유가 있다. 바로 이 지역에 한국수출산업 제4 공단이 있고, 이를 흔히 '부평공단' 이라 부르기 때문이다. 산업화에 서서히 박차를 가하기 시작한 1963년 인천상공회의소는 인천 일대에 '수출산업공단' 을 유치하기 위해 노력하였고, 이듬해 중앙정부는 이 일대를 후보지로 삼아 검토를 하기 시작했다. 그 과정을 거쳐 1965년에 부평 지구가 대규모 공단으로 지정되어 그해 말에 공단 설립 등기가 완료되었

저 드넓은 평야에 머잖아 기계 소리가 가득하리라. 부평공단 기공식과 터다지기 모습(사진 제공: 화도진도서관)

고, 1966년에는 기공식이 열리게 된다.

부평공단, 그러니까 한국수출산업 제4 공단은 그때만 해도 매우 이로운 점을 갖추고 있었다. 우선, 수많은 공장이 대단위로 자리 잡기 좋은 평탄한 지형이었다. 주변의 산이라고 해 봐야 해발 1백여 미터에 불과하다. 초기 토목공사가 용이한, 공단 부지로 적격인 곳이 부평이다. 기공식을 전후하여 이 일대 교통 여건도 산업 생산에 걸맞게 재편된다. 1967년 3월 24일에 착공되어 이듬해인 1968년 12월 21일에 완공된 경인고속도로는 노동자의 출퇴근, 서울과의 소통, 각종 원자재 유입과 생산품의 출하 등에 드는 시간 비용을 크게 절감시켰다. 김포공항이나 인천항까지도 10킬로미터 안팎이었다. 이 공단의 활성화에 힘입어, 인천은 한국의 천일염 발상지인 주안염전 자리에 제5·제6 공단이 들어서는 것을 시작으로 남동구의 남동공단에 이르기까지 중화학공업 도시로 변모하게 된다.

이러한 입지상의 이점이나 당시 정권의 강력한 정책 의지에 더하여, 부평공단이 일찍 자리를 잡게 해 준 조건이 또 있었다. 1950년대를 전후로 하여 수많은 이주민이 이 일대로 몰려들기 시작했다는 것이다. 일제 말, 부평에는 일본의 군수공장과 육군 조병창이 있었다. 자연스럽게 경향 각지에서 기술자, 일용직 인부, 단순 노무자 등이 이주해 왔다. 해방 후에는 일본이나 중국에서 귀환한 사람들이 정착했으며, 한국전쟁 후에는 평안도나 황해도 같은 서북 지역 피난민들이 가까운 인천항을 통해 부평으로 들어왔다. 이렇게 일시적으로 급증한 인구를 위하여 부평 일대에 전쟁 이재민이나 피난민을 위한 집단 수용 시설이 마련되었지만, 그 정도로는 역부족이었기 때문에 간석지나 황무지 같은 곳에 정착촌이 형성되었다. 여기에 한때는 상이군인 집단농장, 한센병 환자 수용소, 부평형무소, 부랑자 시설 등이 더해지고 훗날 미군 조병창이 되는 애스컴(ASCOM)까지 겹쳐지면서 부평은 혼란의 1950년대를 겪게 된다.

이런 혼성적 지역성으로 말미암아 부평 지역에는 막대한 잠재력을 지닌 노동력의 풀(pool)이 형성된다. 초창기에 각지에서 몰려든 외지인들이 그저 먹고 살기 위해 닥치는 대로 일했다면 그들의 2세는 기술이라도 배워서 공장을 다니는 게 꿈이었고, 따라서 1960년대 후반에는 완전히 정비된 부평공단 일대에 팔팔한 해방둥이 젊은이들이 다수 출현하여 짙푸른 작업복의 노동자군을 형성하게 된다. 이제는 그 3세들이 부평 일대의 공장에서 일을 하고 있다. 물론, 이때의 '3세'는 혈연적 의미로 쓴 말이 아니다.

욕망과 응시의 대위법

지난 반세기 동안 부평에서는 새로운 사람들이 수없이 들어왔다가 빠져나갔고, 크고 작은 공장들의 흥망성쇠에 따라 인구 이동이 멈추지 않았으며, 공장 폐쇄나 이전으로 삽시간에 일자리를 잃은 사람들이 유령처럼 떠돌기도 했다. 그런 수십 년의 고비 때마다 곳곳의 공장에서는 언제나 뜨거운 요구가 제기되곤 했다. 1970년대 노동운동의 소중한 기록인 유동우의 『어느 돌멩이의 외침』에는 짙푸른 작업복을 자랑으로 여겼던 산업화 초기 세대의 눈물과 한이 담겨 있다. 1980년대 부평 지역의 삶과 꿈을 다룬 독립 영화〈파업 전야〉는 부평공단에서 촬영되었다. 1989년 12월, 영화 촬영 팀은 사업주의 위장 폐업으로 폐쇄된 부평 한독금속 공장 안에서 노동자들의 도움을 받아 가며〈파업 전야〉를 제작했다. 1990년대에는 대우자동차가 있던 청천동의 공기가 뜨거웠다.

새로운 세기가 시작된 지도 10년이 훌쩍 넘었다. 부평공단 일대의 공기는 지난 세기의 격렬하고도 뜨거웠던 열기와는 사뭇 다르다. 저 부평역을 시작으로 지하철 노선을 따라 부평시장에서 구청으로 이어지는 거리에, 선악의 이분법으로는 분간할 수 없는 온갖 욕망들이 나래를 펴고 있다. 수많은 광고판과 어지러운 현수막은 부평이라는 공장 도시의 욕망을 함축하여 보여 준다. 함부로 미래를 논하고 꿈을 이야기하는 각종 개발의 불안한 약속어음들은 부끄러움도 잊은 채 노골적으로 웃음을 팔고 있다. 그 모든 정치적, 경제적, 문화적 욕망들은 과거를 잊어버리자고 부추긴다.

그럴 만하다면 그래도 좋으리라. 폐단이나 구습까지 끌어안고 21세기를 살아갈 필요는 없으니. 그러나 20세기의 어두운 그림자가 21세기에 여전히 짙게 드리워져 있다면, 잊기보다는 오히려 정면으로 응시해야 할 터이다. 그것이 크고 작은 공장을 가슴에 품고서 한강 하류에서도 가장 복잡하게 발전해 온 부평의 과거라면 특히 그러하다.

거대한
자동차
공장

대우자동차, 두 개의 기억

인천시 부평구 청천동 199-1. 이 숫자가 가리키는 것은 거대한 공장, 하늘에서 내려다보지 않는 이상 한눈에 그 전모를 알 수 없는 장대한 공간이다.

출근 시간이 지났음에도 수많은 사람들이 공장을 드나들고 있다. 각종 업무 관계로 찾는 사람들이 주로 이용하는 서문 입구를 한참 바라보면서, 나는 오래전 이 일대에서 내 나름대로 활동했던 기억을 떠올려 본다.

1980년대 후반, 대우자동차로 불리던 그 시절, 이 거대한 공간은 내게 두 가지 소중한 기억을 남겨 주었다. 그 하나는, 이 공장의 공기 순환 장치 보수공사를 맡은 업체로부터 연락을 받고 아르바이트하러 공장 안에 들어가 보았던 일이다. 공기 순환 장치의 부품이 오래돼 새것

새의 눈으로 보아야 비로소 한국지엠의 거대함을 알 수 있다.(사진 제공: 한국지엠)

으로 교체하는 작업이었는데, 밑에서 두 명이 높다란 사다리를 잡고 있으면 내가 새 부품을 들고 공장 내부의 높은 곳까지 올라가 낡은 부품의 볼트를 풀고 새것으로 교체했다. 그런 장치가 수백 개였고 따라서 나는 일주일 동안 공장 안에 머물 수 있었는데, 그때 바라본 내부의 광경은 지금도 선명한 기억으로 남아 있다. 많은 노동자들이 자동화된 거대한 기계장치의 곁에 붙어 서서, 쉴 새 없이 돌아가는 작업의 일부가 되어 자동차를 만들고 있었다.

견고하고 정확하게 세팅된 기계와 숙련된 노동자들은 오래된 연인들이 사랑을 나누듯 서로 몸을 섞으며 작업을 진행했다. 작업 라인 끝에서는 수많은 부품을 장착한 자동차가 의연하게 도장 공장으로 이동했다. 그 안까지는 들어가 볼 수 없었다. 나는 아주 높은 곳에서, 자동차 생산과는 아무런 관련이 없는 공기 정화 장치의 낡은 부품을 교체하면서, 인간의 공학 기술과 노동력이 빚어내는 생산의 교향악을 감상했다.

두 번째 기억은, 그로부터 몇 년 후 1989년에서 1990년으로 넘어가던 격동의 시절에 공장 정문 앞에서 출근길의 노동자들에게 무언가를 나누어 주었던 일이다. 겨울이었고 따라서 추웠으며, 그래서 뭔가를 나누어 주려는 내 손은 자꾸만 주머니에서 나오지 않으려고 했는데, 비단 추웠기 때문만은 아니었다. 건널목 신호등이 바뀌고, 수백 명의 노동자들이 짙은 색상의 작업복 주머니에 양손을 넣은 채 묵묵히 길을 건너왔다. 과묵한 바위 같았다. 노동운동의 파고가 그 어느 때보다 높았던 시절이었으므로, 그 수백 명의 과묵한 무표정은 내게, 쉽게 잊을 수 없는 한 시절의 집단 초상화였다.

꿈과 욕망의 거대한 용광로

그로부터 20여 년이 흐른 지금, 나는 대규모 공장을 통해 인천의 역사와 오늘의 삶을 짚어 보기 위해 청천동 199-1번지 앞에 다시 섰다. 방금, 나는 일반적인 의미에서 '인천'이라고 썼지만, 그 속살을 좀 더 자세히 살펴보면 부평은 인천이라는 행정구역 내에 있으면서도 '인천 안의 또 다른 도시'였다. 일제강점기에 그들의 군사기지 도시 구축 계획에 따라 인천에 편입되기까지, 부평은 따로 도호부가 설치되었을 정도로 독립된 역사를 살아온 도시였다. 인천이 문학산을 주산으로 하여 해양 권역에 자리 잡았다면, 부평은 계양산을 주산으로 하여 내륙의 넓은 평야를 거점으로 삼았다. 물론, 이때의 '내륙'은 일제강점기, 가깝게는 산업화 시대 이후를 가리키는 표현이다.

부평은 한양에 인접한 드넓은 평야 지대이자 항구에 인접한 곳으로, 바다와 내륙의 접점에서 벌어지는 수많은 행정이나 사업의 본거지 노릇을 오래전부터 해 왔다. 인천의 남구 문학동에 '인천도호부 청사' 유산이 남아 있고 부평구 계산동 부평초등학교에 '부평도호부 청사' 유산이 남아 있음은, 부평이 인천과 오랫동안 어깨를 나란히 해 온 지역임을 상징적으로 보여 준다.

드넓은 평야 지대 한복판에 우뚝 솟은 해발 395미터의 계양산을 진산 삼아, 부평은 현재 바둑판처럼 편제되어 있다. 산 아래의 계산동에서 부평역까지 넓은 공간에 58만 명가량의 인구가 살고 있는 데다 다른 지역에서 이 일대의 크고 작은 공장으로 출퇴근하거나 업무차 오가는 사람들까지 감안하면, 인천에서 가장 활발한 경제활동이 이루어지는 곳이다. 인천 내에서 인구밀도가 가장 높은 곳이기도 하다.(참고로, 인구밀도가 가장 낮은 곳은 옹진군이다.) 해발 20미터 이내인 김포평야의 일부를 이루며 대대로 곡창지대의 면모를 유지해 온 부평은 일제강점기의 군사기지창 설치와 그 이후의 산업화에 의해 오늘날에는 한국의 대표적인 공단 지역으로 꼽힌다.

근대에 이르러 부평의 인구가 급증한 시기는 1930년대이다. 본격적으로 전쟁 준비에 들어간 일제는 군수공업화 정책을 추진하면서 인천 일대를 기계·기구 공업지구로 개발했다. 각각의 도호부가 말해 주듯이 이때만 해도 인천과 부평은 분리된 지역이었으나, 일제는 1941년 4월 부평을 인천에 편입시키고 군사 무기와 장비 제조창인 부평조병창을 확대 설치한다. 이 조병창에 의해 부대시설이나 유흥가 등이 급증하면서 각지에서 인구가 유입되기 시작했다. 일제가 패망한 이후 부평의 조병창은 미군 24군수지원단 즉, 애스컴(ASCOM24)으로 바뀌어 1970년대 초반까지 미군 기지로서의 부평이라는 지역 정체성의 한 단면을 형성한다. 이 조병창의 부지와 시설은 1973년에 우리 국방부가 인수하게 된다. 20세기 중엽까지 부평의 삶은 이 '애스컴'(혹은 그 뒤의 '캠프 마켓')을 빼놓고는 설명하기가 어렵다. 애스컴과 더불어 5공수·9공수·33사단 등의 우리 군대도 편제되어 있었기 때문에, 부평의 근대사는 일제에서 그 이후의 군사기지 도시로 이어지는, 엄청난 인구 유입과 그에 따른 정체성의 혼란으로 설명할 수가 있다.

그 이후는 어떠했는가. 바로 한국지엠(GM)이 부평의 역사를 주도하게 된다. 지금은 한국지엠(2011년 3월 이후)이지만 이 거대한 공장의 명칭은 한때 지엠대우(2002년 10월 이후)였으며, 그 전에는 대우자동차였다. 물론, 그 이전의 역사까지 소급하자면 1937년 세워진 신진공업사로 시작하여, 1965년 새나라자동차 부평공장을 인수하며 본격적으로 자동차 산업을 주도하고, 1973년에 새한자동차로 개명했다가, 1978년 대우그룹이 경영에 참여해 1983년에 대우자동차로 상호를 바꾼 것이 중추적인 흐름이라고 할 수 있다. 이 '연혁'은 그대로 한국 현대사의 기록이며 인천 역사의 이정표다.

자동차 산업은 텔레비전이나 휴대전화와 달리 근대산업의 모든 요소를 결집한다. 근대산업의 근간인 강철에서 현대 첨단산업의 총아인 반도체에 이르기까지, 20세기의 인류가 이룩한 거의 모든 기술과 재료와 부품이 엔진이라는 심장을 중심으로 결합한다. 그뿐이 아니다. 자동차 산업은 철강이나 석유나 플랜트 같은 거대한 장치산업과 달리 일반 소비자의 미적 감각, 소비 욕망, 부의 상징 등과 직결된다. 곧, 자동차 산업은 강철과 반도체가 엔진이라는 심장과 결합된 현대 산업의 총체이자 문화적 욕망의 핵심이다. 그러한 공장이 들어선다는 것은 부

자동차 산업은 현대 산업의 총체이자 문화적 욕망의 핵심이다.(사진 제공: 한국지엠)

품 제조, 완성차 조립, 마케팅, 사후 정비, 금융·보험 등이 결합한 하나의 가상 도시가 수립된다는 것이며, 바로 그 때문에 산업화 시대 이후 부평의 이 거대한 공장은 수많은 사람들의 꿈과 욕망이 한데 녹아드는 용광로가 되었던 것이다.

오랜 세월 한반도 중심부의 곡창지대였던 드넓은 평야의 한복판에, 웅대하게, 거의 모든 산업 기술과 욕망을 빨아들이며 들어선 한국지엠 부평공장은 그러므로 한국 현대사가 집약된 의미 있는 공간이라고 할 수 있다. 나는 이러한 생각을 거듭하면서 이윽고 서문을 이용해 공장 안으로 들어섰다.

세월천에서 이 공장의 운명을 생각하다

한국지엠 부평공장은 넓었다. 압도적인 크기? 이 공장의 광활한 면적은 그런 진부한 표현조차 무색케 한다. 공장 한복판으로 세월천이 흐른다. 인천시 부평구와 서구의 경계에 자리 잡은 야트막한 원적산에서 발원한 세월천은 등산로 입구에서 한 물길을 이룬 다음 산곡동 복개 구간을 지나 한국지엠 부평공장으로 흘러들어 드넓은 공장 부지 한가운데를 지난 후 정문 건너편의 굴포천으로 이어진다. 원래는 북쪽 지류인 청천천에 합류했는데, 이 드넓은 평지에 자동차 공장이 들어서고 아울러 부평 4공단까지 조성되면서 물길이 곧바로 굴포천으로 이어졌다고 한다.

인천시는 지역 하천 살리기의 일환으로 굴포천 일대에 대하여 2006

년부터 정비 공사를 벌였다. 썩은 물이 고여 있던 밑바닥을 준설하거나 오수 차집 시설을 설치하는 등의 작업이다. 2008년 10월에 공사가 일단락되었지만, 가장 높은 수준의 하천 살리기는 아직 완성되지 않았다. 부평을 감싼 야트막한 산지에서 발원한 산곡천, 목수천, 동수천, 청천천, 세월천 등은 산업화 시절에 복개 공사가 된 곳이 많은 데다 천변에 주택, 공장, 기관 등이 산재하여 일거에 하천 활성화를 이루기가 쉽지 않다. 이처럼 이전 시기의 유산에 발목이 잡혀 머뭇거리는 하천 살리기 작업은, 그 자체로 부평 일대가 '미완의 근대'임을 말해 준다.

나는 세월천 가에 서서, 그러니까 한국지엠 부평공장의 한복판에서 졸졸 흐르는 물을 잠시 굽어보다가 남북으로 펼쳐진 공장의 거대한 시설들을 바라보았다. 공장 안의 생산 설비들은 자동차 생산기술의 지속적인 발전에 발맞추어 꾸준히 업그레이드되었지만, 그 많은 시설들과 생산 노동자들을 품고 있는 공장 건물만은 역사적 흔적을 고스란히 담고 있었다. 세월천에서 정문 쪽을 바라보니, 이 거대한 공장 안에서 심심찮게 벌어지는 노동조합의 다양한 활동들, 그리고 그와 관련된 요구들을 표현한 대형 걸개와 현수막들이 눈에 들어온다.

지난 1980년대 후반부터 이 거대한 공장은 한국 자동차 산업, 아니, 더 나아가 한국이라는 신생 독립국의 거침없는 산업화가 필연적으로 초래한 크고 작은 찰과상을 거의 모두 입었다. 오랫동안 제 목소리 한 번 내지 못하다가 1987년 민주화 이후 노도처럼 일어난 1980년대 후반 대공장 노동운동의 발원지가 바로 이곳이었고, 그 후 대우그룹의 해체와 자동차 산업의 구조조정 및 해외 매각 등이 맞물리면서 이곳 사람들은 지난 10여 년 동안 노사를 막론하고 온갖 어려움을 다 겪어야 했다.

2002년에 한국지엠(당시에는 지엠대우)이 출범하고 벌써 10년이 넘었다. 해마다 1조 원가량 투자해 온 한국지엠은 2011년부터 투자 방향을 공격적으로 바꾸었다. 업계에서는 몇 차례의 위기에도 불구하고 한국지엠이 자리를 잡았다고 평가한다. 미국을 거점으로 지구 전체를 내려다보면서 생산과 마케팅을 하고 있는 제너럴모터스(지엠)는 지난

이 공장의 운명은 오늘도 먼 곳의 손에 내맡겨져 있다.

2004년 플랫폼 통합 작업을 하면서 한국지엠의 생산 수준과 기술력을 높이 평가하여 경차, 소형차 개발과 생산의 전진기지로 삼았다. 이렇게 한국지엠이 경차, 소형차의 주력 공장이 된 데에는 대우자동차 시절부터 쌓아 온 이 분야의 기술 기반이 작용하였다. 그와 더불어, 2008년 세계를 엄습한 경제 위기도 한국지엠의 특장 부문인 소형차 시장이 확대되는 계기가 되었다.

한국지엠의 이러한 생산 조건이 의미하는 바는 무엇일까? 이 공장의

운명이 국내 자동차 회사들과의 경쟁보다는 지엠의 글로벌 경영 판단에 맡겨져 있다는 것이다. 즉, 한국지엠은 현대기아차나 르노삼성이 아니라 이를테면 중국, 폴란드, 우즈베키스탄 그리고 미국의 미시건이나 오하이오 같은 세계 곳곳의 지엠 공장들과 긴장 관계 속에 놓여 있다고 할 수 있다. 지엠의 경영 판단에 따라 세계 다른 나라 공장의 생산 차종이 한국지엠으로 이전될 수 있고, 그 반대 상황도 얼마든지 나타날 수 있다. 결국, 구조조정이라는 먹구름이 언제든 이 거대한 공장 부지

로 내려앉을 수 있다는 말이다. 그 먹구름은 정리해고와 재취업 혹은 정규직과 비정규직의 복잡한 위상 관계 같은 문제들을 야기하기 마련인데, 지금 공장 안팎 곳곳에 내걸린 수많은 현수막의 내용들이 그 증거이다.

바뀐 것과 기억할 것

나는 공장 안팎을 둘러본 후, 서문 안쪽에 마련된 커피 전문점으로 이동했다. 이 역시 익숙지 않은 풍경이다. 이 커피 전문점은 유동 인구가 많은 도심지 상권에 입점한다는 관례를 깨고 대규모 공장 안에 처음 들어섰다. 엄격한 보안 규정에 따라 출입이 철저히 통제되는 대공장 안에 자리 잡은 커피 전문점이라는 이 낯선 풍경은 한국지엠의 변화한 정체성을 보여 주는 것이기도 하다.

산업화 시절의 이 부평공장은 대우자동차의 상징이었다. 대우자동차 시절, 이곳은 대규모 중공업 공장답게 매우 남성적·공격적이고 부분적으로 군사적이기까지 한 신념과 의지의 활화산이었다. 경영의 차원에서도 이른바 '세계 경영'이라는 기치 아래 거침없는 공격성이 작동하였고, 노동의 차원에서도 대규모 중공업 작업장 노동운동의 핵심 거점으로 작동하였다. 이 양 측면의 거침없는 행보는 경영에서든 노동운동에서든 흔들림 없는 일체감을 유일무이한 신념과 의지로 표방하게 하였으며, 자기가 속한 대열에서 이탈하는 것은 용납될 수 없었다. 그것이 지난 20세기 후반, 이 나라에서 살아가는 대부분의 노동자들이 마주했던 운명이었다. 그렇게 정신적 일체감을 강조하는 '의지의 근대성'이 한계에 이르게 된 계기가 바로 1997년의 외환 위기였다.

그 이후, 한국 사회의 정서는 크게 바뀌었다. 지금 내가 아메리카노 한 잔 하고 있는 근사한 인테리어의 공장 안 커피 전문점이 그 일단을 보여 준다. 경영의 차원에서나 노동운동의 차원에서나 '우리는 하나'라는 강력한 일체감을 부여할 수밖에 없었던 시절로부터 서서히 다른 차원으로 이행하고 있다. 어쩌면, 이 공장에서 일하는 젊은 직원들은 오래전부터 이곳에서 일해 온 사람들이 필연적으로 간직할 수밖에 없는 강력한 일체감의 정서와는 조금 다른 정서 속에서 일하고 있을지도 모른다. 한국지엠이라는 회사 이름이 말해 주듯이, 오늘의 이 공장은 '세계 경영'을 기치로 내걸었던 20세기 후반의 대우자동차가 아니다. 지구 곳곳에 생산 공장을 둔 미국 지엠 본사의 글로벌 생산 시스템

'르망'은 차 이름이 아니다. 기억되어야 할 역사의 일부이다. (사진 제공: 한국지엠)

(GMS)이 작동하는 곳이다.

땡볕을 피하여 잠시 커피 한 잔을 마신 나는 홍보관으로 향했다. 2011년 12월, 3개월가량의 리모델링을 마친 후 재개장한 홍보관에서는 한국지엠의 현황과 생산 차종들을 소개하고 있었다. 특히 한국지엠의 주력 브랜드인 쉐보레는, 그 역사와 차종까지 일목요연하다. 홍보관 입구에는 스포츠카의 역사를 바꾼, 지엠의 스테디셀러 한 대가 노란빛을 발하며 서 있었다.

지극히 외부인적인 관점에서 말한다면, 그러니까 한국지엠 경영진의 판단과 많은 임직원들의 현황을 고려하지 않고 말한다면, 20세기 후반에 바로 이 공장에서 쓰였던 자동차의 역사도 홍보관 한쪽에 전시하면 좋겠다. 물론, 홍보관은 홍보관일 뿐, 한국 자동차 산업의 역사를 담는 역사관이 아니다. 그러나, 그렇기는 해도, 이 거대한 공장에서 청춘을 보낸 많은 사람들에게 그 옛날의 기록사진과 오래된 차량들은 삶 전체였다고 해도 과언이 아닌 것이다. 로얄살롱, 르망, 에스페로, 레간자, 아카디아, ……. 이들은 단순히 흡수·합병된 과거의 어느 기업이 생산했던 차종들이 아니라, 20세기 후반의 노동자들이 보다 나은 내일을 위해 모든 정열을 바쳤던 역사이기 때문이다.

그런 아쉬움을 뒤로하며 외부인은 서문을 빠져나왔다. 걸어 나오면서 힐끗 보니, 서문 식당 앞에 옛 대우자동차 시절의 기억과 기록들을 모은다는 노동조합의 현수막이 걸려 있었다. 그것은, 어떤 이유에서든, 꼭 해야만 하는 일이다.

콜트·콜텍,
아직도 끝나지
않은 20세기

화음을 만들어 내던 기계는 멈추고

부평의 거대한 자동차 공장 부근에는 크고 작은 금속, 제련, 주물, 제조 공장들이 연립해 있다. 나는 그중 하나를 목표 삼아 걷는다. 경인고속도로 서울 방향 진입로 바로 옆에 있는, 갈산동의 어느 폐쇄된 공장. 바로 콜트악기 부평공장이다.

기타 및 음향기기 전문 업체인 콜트악기와 그 자회사 콜텍은 새로운 세기의 초반까지만 해도 세계 기타 시장의 30퍼센트를 점유하던 유망 중소기업이었다. 그러나 2006년 주문 물량이 급감하면서 한 해 8억 5,000만 원의 적자를 기록했고, 이에 사업주는 이듬해인 2007년 1월 노조 측에 조합원 170명 중 70명을 구조조정하겠다고 통보했다. 이를 시작으로 5년이 넘는 긴 세월 동안 이 공장에는 짙은 먹구름이 드리웠다. 나는 그 먹구름 아래로 걸어 들어갔다.

텅 비어 쓸쓸한 이곳은 어디인가?

　아름다운 기타 화음을 만들어 내던 기계는 멈추었다. 아니, 이 표현
은 사실에 부합하지 않는다. 멈춘 정도가 아니라 기계들이 아예 사라
졌다. 전체 3개 층에 널찍하게 마련된 작업장은 텅 비어 있었다. 공단
일대를 뜨겁게 달구던 태양은 서녘으로 기울었고, 햇빛 한 자락이 먼
지 낀 유리창을 통해 3층의 작업실로 스며들었다. 희미한 빛으로 인하
여 작업장은 더욱 한산해 보였다. 아니, 다시 쓰건대, 한산한 정도가
아니라 을씨년스럽게 느껴졌다. 간신히 벽에 달라붙은 배전반이며 소
화기며 "안전 주의" 안내판 같은 것들이 이곳이 한때는 수많은 노동자

들이 구슬땀을 흘리며 작업했던 곳임을 알려 주지만, 그들조차도 언제든 차가운 콘크리트 바닥으로 떨어져 내릴 것만 같다. 부평구 갈산동 421-1 콜트악기 공장의 모습이다. 이 일대의 지리를 잘 모르는 사람도 경인고속도로를 오가며 한번쯤 본 적 있으리라. 부평 인터체인지 서울 방면 진입로 부근 오른쪽에, 농성 중인 콜트악기 노동자들이 쏜살같이 지나가는 차량들을 향해 마치 구원 요청 메시지를 보내듯 써서 내건 간절한 구호들을.

공장의 2·3층 작업실은 텅 빈 반면, 정문에서 뒷마당에 이르는 공간은 떠들썩하다. 1층의 사무실과 작업실에는 방금 누군가가 다급하면서도 소중한 일을 했음에 틀림없는 흔적들이 남아 있다. 물론, 그 작업은 이 공장이 오랫동안 해 온 일, 곧 세계 최고 수준의 악기를 제조하는 일과는 무관하다. 아직 그럴 형편이 되지 못하고, 상황은 오히려 점점 더 어려워지고 있다.

2,000일이라는 세월의 무게

세상에 널리 알려진 바와 같이, 이 공장의 사업주가 '긴박한 경영상의 필요'를 앞세워 2007년 4월 노동자 56명을 정리해고한 것이 발단이다. 당시 인천지방노동위원회와 중앙노동위원회에서는 이를 부당 해고로 판정했는데, 이에 불복한 회사 측은 이러한 처분을 취소해 달라며 행정소송까지 제기했다. 하지만 2012년 2월 23일, 대법원은 결국 회사 측의 잘못을 인정한 원심을 확정했다.

이로써 모든 문제가 해결된 것인가? 만일 그렇다면 대법원 확정 판결 이후 5개월이 다 되어 가는 지금쯤 공장 안팎은 벌써 깨끗하게 정비되어 작업장마다 기계 소리가 들리고 완제품을 실어 나르는 컨베이어 벨트의 피댓줄도 힘차게 돌아가고 있어야 할 터인데, 사정은 정반대다. 중앙노동위원회와 대법원의 판결에도 불구하고, 사업주는 세계 기타 시장 점유율 30퍼센트로 1992년 설립 이후 2006년을 제외하고 매년 흑자를 기록한 이 공장의 부지를 매각 처분해 버렸다. 또한 대법원의 원직 복직 판결에도 불구하고 2012년 5월 31일 재해고를 단행하였고, 이에 노동자들은 지방노동위원회에 '부당 해고 및 부당 노동 행위 구제 신청'을 제출한 상태다.

이러한 과정을 거치면서 갈산동 콜트악기 공장은 고단하고 힘겨운 농성의 장이 되고 말았다. 2012년 7월 23일로 농성은 2,000일을 맞는다. 공장 뒷마당에는 장기 농성을 위한 최소한의 노천 숙식 시설이 마련되어 있지만, 그 위생과 안전은 안심할 만한 것이 못 된다. 전기와 수도가 다 끊겨 버린 상황에서 2,000일 가까이 지속된 농성 때문에 콜트의 노동자들과 그 가족은 지쳐 있다. 그럼에도 강건한 깃발처럼 박혀 있는 농성 일자 표시는 2,000을 향해 하루씩 걸어가고 있다.

콜트악기는 지금 위험하다. 말이 좋아 2,000일이지 어림잡아도 5년 4개월이 넘는 세월이다. 초등학교에 입학한 아이가 최고 학년이 되어 졸업을 앞두게 될 만한 긴 세월 동안, 콜트악기 노동자들은 지난한 행정소송과 법정투쟁, 뼈를 깎는 경제적 고통과 심리적 공포를 겪어야 했다.

대법원 판결이 났건만 고단하고 힘겨운 농성의 끝은 보이지 않는다.

우리는 살고 싶을 뿐, 우리는 일하고 싶을 뿐······

"일을 하고 싶죠. 일하면 신나고, 일을 하면 사는 보람이 있고, 똑같이 고된 일을 해도 일을 하면 덜 피곤하죠. 누군들 좋아서 이렇게 장기 농성을 하겠습니까. 우리에게는 정당한 권리에 합당한 처우를 받을 이유가 있습니다. 이 나라 최고 기관인 대법원에서도 우리의 정당성을 확인했습니다. 부도덕한 사업주에 의한 부당 해고였고 그 때문에 파업과 농성이 벌어진 것이고, 그 이후에도 사업주는 알짜배기 사업을 나라 밖으로 빼돌리면서 우리 모두의 삶을 송두리째 망가뜨렸습니다. 어서 빨리 장기 농성을 풀고 싶지만, 부도덕한 행위를 바로잡지 않고 우리처럼 묵묵히 일하는 노동자에게만 모든 피해와 책임과 손해를 떠넘기는 이런 행태는 받아들일 수가 없습니다."

방종운 민주노총 전국금속노조 콜트악기 지회장의 말이다. 남들은 더운 여름날 해변이나 계곡에서 편히 쉬려고 들고 가는 싸구려 야외용 돗자리에 앉은 방 지회장은 말을 잇다가 말고 거무튀튀한 공장 담벼락에 등을 기댔다. 싸구려 돗자리에는 그동안 벌여 온 법정 소송과 관련된 모든 자료들이 놓여 있었다. 나는 수년에 걸친 피 말리는 법정 공방과, 수시로 빚어진 사업주 측과의 육체적·정신적 마찰을 압축하고 있는 대법원 판결문을 읽어 보았다. 아무리 법률 용어가 어렵다지만, 그 안에 적힌 내용은 누구라도 무슨 뜻인지 금세 알아들을 수 있는 수준이었다.

대법원 재판부는 "콜트악기가 2006년 처음 당기순손실이 발생했을 뿐 꾸준히 당기순이익을 유지하고 있었던 점 등에 비추어 볼 때 해고 당시의 재무구조가 매우 안전했다"고 전제하면서 "해고를 해야 할 정도의 긴박한 경영상 필요가 있었던 것으로 볼 수 없다"고 명백하게 밝혔다. 사업주 측의 무리하고 부당한, 나아가 법을 위반한 해고라는 것을 대법원은 명확하게 인정했다. 그런데도 콜트악기 노동자들은 다시 장기전에 돌입해야 했고, 그리하여 2,000일이라는 무지막지한 숫자가 그들을 기다리게 된 것이다.

이곳만의 일이 아니다

　　　　더 결정적인 것은, 대법원의 판결을 전후로 하여 사업주가 대단히 기민하게 움직였다는 사실이다. 그 결정판이 2012년 6월 16일 새벽 6시에 벌어진 사태다. 비록 큰 사고로 비화하지는 않았지만, 그날 새벽, 갈산동의 이 3층짜리 공장이 이른바 '철거 용역'이라는 사태에 직면했던 것이다. 새벽 6시쯤 몰려든 용역 업체 직원 50여 명이 공장 진입을 시도했고, 이에 맞서 콜트 노동자들과 전국금속노조 조합원들 그리고 오랫동안 이곳에서 노동자들을 위로하고 격려하며 힘을 보태고 있던 예술가들이 그들의 진입을 막았다. 용역 업체는 대형 포클레인을 두 대나 동원하여 무려 3시간에 걸쳐 진입을 시도했다. 포클레인이 정문으로 밀고 들어오고 용역은 후문으로 급습하는, 미리 철저하게 계산된 작전이었다. 만약 그때 양측 간에 물리적인 충돌이라도 일어났더라면, 마치 바짝 마른 장작에 불붙듯, 어떤 식으로든 인명 피해가 날 수밖에 없는 심각한 상황이 벌어질 뻔했다. 팽팽한 긴장 속에 몸싸움을 벌이는 양측 사이로 250여 명의 경찰이 개입하면서 사태는 일단락되었다. 용역 폭력은 이번이 처음은 아니었다. 2010년에도 사업주 측 용역이 네 차례나 급습하여 농성자들에게 폭행을 가한 일이 있었다.

왜 이런 일이 벌어졌는가?

공장의 부지 소유권이 어느 업자에게 넘어가고, 그가 공장을 아예 철거하고 LPG 충전소를 짓겠다고 나섰기 때문이다. 그날 새벽에 몸싸움을 벌여야 했던, 그 바람에 허리와 팔에 심각한 타박상을 입은 방 지회장은 연신 팔을 주무르면서 "위장 매매가 아닌지 의심스럽다"고 말문을 열었다. 사업주가 강 모 씨에게 부지를 매각했는데, 무엇보다 그 시점이 중요하다는 것이다. "지난 2월 23일 대법원이 부당 해고 및 원직 복직 판결을 내리자마자 즉각적으로 매각이 이루어지고 불과 일주일도 안 된 28일에 부평구청으로부터 LPG 충전소 설치 인가까지 나왔는데, 이는 사업주 측의 치밀한 계산"이라고 말한다. 대법원 판결이 어떻게 나느냐를 놓고 사업주 측이 정반대의 대응 카드를 쥐고 있다가, 불리한 판정이 나자마자 재빨리 '위장 매각'이라는 편법을 썼다는 주장이다. 게다가, 주변 시세보다 다소 비싼 가격에 강 씨가 매입했을 뿐더러, 매입 직후에는 물류 창고를 짓겠다고 했다가 갑자기 LPG 충전소를 짓겠다는 등 일관성이 없다고 그는 덧붙였다.

세부적인 사실은 차이가 나지만, 기본적으로 이와 유사한 사례가 이 나라 곳곳의 공장 지대에서 벌어지고 있다. 대표적인 곳이 기륭전자와 한진중공업이다. 방 지회장은 "기계 설비를 해외로 빼돌린다든지, 정상적으로 운영되고 있는데도 회계장부를 조작해서 부당 해고를 밀어

뜨거운 의지만으로 버티기엔 모든 것이 열악하다.

붙인다든지, 그런 후에 공장 부지를 제3자에게 급히 매각해서 농성 투쟁을 하고 있는 사람들을 물리력으로 제압한다든지 하는 일이 바로 지금 여기 콜트악기에서도 되풀이"되었다고 말한다. 물론, 이에 대해 부지를 인수한 측과 철거 업체 관계자는 "이미 소유권이 넘어온 상태에서 정당하게 자기 땅에 신규 사업을 위해 철거 공사 진행하는 것이므로 이를 아무 근거 없이 몸으로 막는 것은 부당"하다고 주장하고 있다.

그리하여, 지금 이 공장은 위험한 상황에 직면해 있다. 공장은 멈추고 기계는 어디론가 사라지고 장기 농성을 위한 천막 시설은 뜨거운 햇살과 거센 폭우 때문에 견디기 어려운데, 바깥에서는 기존 사업주의 완강한 태도에 더하여 부지 매입자의 강제 철거가 예고되고 있다.

팽팽한 긴장 속에 5년 넘게 끈 법정 소송은 대법원의 판단에도 불구하고 오늘(2012년 8월 현재)도 지속되고 있다. 부지 매각과 공장 건물 철거라는 급변한 상황과, 그로 인해 사업주나 새 부지 매입자 측과 장기 농성 중인 노동자들 사이에 벌어지는 정신적·물리적 충돌은 현재진행형이다.

공장의 삶과 예술의 만남

그러나, 그렇다고 해서, 나날의 일상이 늘 최고 수준의 긴장과 몸싸움인 것은 아니다. 어찌 보면 양쪽 모두 이 싸움이 누가 더 오래 버티느냐로 승패가 갈리는 긴 호흡의 시간 싸움임을 잘 알고 있고, 간간이 물리적 충돌이나 저쪽이 이쪽에 인간적 모욕을 가하는 일이 벌어지기도 하지만, 일상은 얼핏 보기에 조용하다.

아니, 오히려 다른 의미에서 콜트악기 공장은 떠들썩하다. 이 글의 직접적 관심은 공장을 통하여 인천의 근현대사를 재조명하는 데 있지만, 더 넓은 의미에서는 공장 안에서 이루어지는 삶에 대한 이해가 필수적인 관심사가 아닐 수 없다. 그렇다면 매일같이 수많은 사람들이 방문하고 매주 문화제가 열리고 이런저런 의미 있는 문화예술 작업이 벌어지는 콜트악기 공장이야말로 인천의 삶에 대해 깊은 관심을 가진 사람이라면 반드시 찾아가 그 현황을 파악해야 할 공간이다.

2012년 여름, 공장에서는 미술가 김강·김윤환 씨의 공동 작업이 전시되었다. 한때 세계 최고의 기타와 그 밖의 악기 생산이 이루어지던

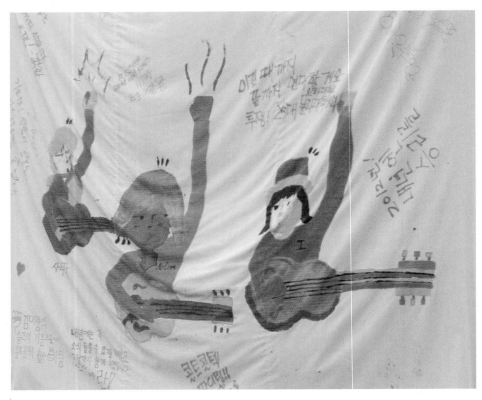

아무리 힘겹더라도 삶이 있는 한 예술도 있다. 콜트악기는 공장 전체가 미술 작업장이고 작품 전시장이다.

작업장이 사업주 측의 부당한 조치로 인하여 텅 비고 말았는데, 바로 그 텅 비어 쓸쓸한 작업장에서 두 미술가가 〈갈산동 421-1〉이라는 제목의 전시회를 연 것이다.

두 작가의 작업은 뭔가 기이한 공간을 찾아서 매우 낯설고 실험적인 전위예술을 하는 경우와는 사뭇 다르다. 큰 맥락에서는 그렇게 볼 수도 있겠지만, 그런 아방가르드한 실험보다는 훨씬 현실적이고 그 감정 또한 뭉클하다. 요컨대, 예술가 개인의 자의식을 강하게 드러내는 전시가 아니라, 콜트악기 공장에 내포된 정치적 · 사회적 · 심미적 화두를 함께 풀어 보고자 하는 전시다.

원래 두 미술가는 '스쾃' 운동으로 유명하다. 2004년 8월, 두 작가는 서울 목동 예술인회관 건물에 진입하여 "시민에게 문화를! 예술가에게 작업실을!"이라는 펼침막을 내걸고 문화적 투쟁을 벌인 적이 있다. 당시 목동 예술인회관은 그 공간의 불필요성이나 문화 관료성이나 과다한 재정 집행 등의 이유로 5년 넘게 공사가 중단된 채 흉물처럼 방치되고 있었다.

두 작가는 과시적이고 관료적인 데다 문화 권력 내부의 이권 다툼까지 결합된 이 흉물에 들어가 시민 문화와 예술가의 창조적인 만남이 어떠해야 하는가를 문제 제기했던 것이다. 그것은 유럽의 여러 나라에서 지방정부와 예술가들이 협력하여 방치된 공간을 공동의 창작 공간으로 바꾸고 이를 바탕으로 낙후된 지역을 시민 문화의 산실로 거듭나게 하는 과정을 지켜본 두 작가의 의욕적인 작업이었다.

김강 · 김윤환은 그 후, 서울 문래동의 낙후한 철공소 밀집 지역에 들어가 '오아시스 프로젝트'를 진행했다. 도시의 빈 공간을 자율적 예술 공간으로 재활시키는 이 문화 운동을 통하여 도시의 버려진 공간이 살아 있는 생명의 공간으로 탈바꿈하곤 했으니, '오아시스 프로젝트'라는 표현은 더없이 적절하다고 하겠다.

사실, 두 작가의 작업은 근대 산업화를 거친 세계 곳곳의 대도시에서 동시다발적으로 펼쳐지고 있는 의미 있는 예술 운동이다. 가장 대표적인 사례가 영국 런던의 테이트 모던 갤러리와 스페인 빌바오의 구겐하임 미술관 그리고 프랑스 파리의 오르세 미술관이다. 세 곳 모두 근대 산업혁명의 근거지였다. 화력 발전소(런던)와 탄광 시설(빌바오)과 기차역(오르세)이란 산업혁명의 상징 공간이다. 인류는 지난 2백여 년 동안 바로 그러한 산업화를 경제적 신념으로 떠받들며 오늘에 이르렀다. 이러한 공간들은 21세기 들어 시 외곽으로 이전되거나 폐쇄되고 있다. 그 빈 공간을 시민 문화예술 공간으로 재활용하는 것이 세계적인 추세다. 인천의 경우, 20세기 중엽 한국 산업화의 동맥 노릇을 하던 대한통운의 창고 건물들이 현재의 인천아트플랫폼으로 개조된 사례가 있다. 근대의 상징인 거대한 공장들도 그렇다. 21세기 들어 시 외곽으로 이전 혹은 폐쇄되고 그 자리에 문화예술이 들어서고 있는 것이다.

  그런데 김강 · 김윤환 두 작가의 작업은 그와 맥락은 같되 결은 조금 다르다. 두 작가는 단지 빈 공간을 예술 전시장으로 잠시 활용하기 위해 콜트악기 공장을 슬쩍 빌리고 있는 게 아니다. 이곳에서 2,000일 가까이 농성하고 있는 노동자들을 지지하고 그들의 삶을 함께하기 위해 전시를 열었던 것이다. 즉, 그들의 전시는 도시의 텅 빈 공간을 하나의 오브제(작품 대상)로 보는 예술가의 '돌발적인 실험'이 아니라, 이 공장의 삶과 역사와 현장성을 존중하고 그에 동참하는 작업이다.

세상의 진면목에 대하여

          그런 점에서 볼 때, 콜트악기 공장은 오랫동안 진정

한 문화 운동과 예술 창작의 근거지였다. 세계 기타 시장의 30퍼센트를 차지할 정도로 우수한 성능과 뛰어난 음질을 자랑하는 콜트악기. 그 아름다운 음질의 기타는 노동자들이 어두컴컴한 공장 안에서 장시간 노동과 진분과 저임금에 시달리며 만든 것이었다. 세계 최고의 아름다운 음악을, 참으로 열악한 조건에서 저임금을 받으며 일하는 노동

손가락을 한데 모아야 주먹이 된다. 연대의 힘이 우리를 살아 있게 한다. |

자들이 만들어 낸다는 기이한 아이러니를 뒤늦게 확인한 수많은 예술가들이 이곳을 찾기 시작했다. 김강·김윤환 두 작가도 그런 행렬의 일원이거니와, 그 밖에도 수많은 사람들이 고속도로 변의 소음과 먼지 많은 이 공장으로 찾아들었다.

공장에 들어서면, 1층 작업장으로 들어가는 입구에 미술가들의 작업실이 있다. 이 작업실에서 오랫동안 미술가들이 상주하며 작업을 해왔다. 그들은 뭔가 '근사한 소재'를 찾아 이 폐쇄된 공장을 찾아온 게 아니다. 그런 미적 목표는 부차적이다. 의지할 데 없는 공장 노동자들과 일상을 함께하고, 그들에게 필요한 예술적 재능을 아낌없이 제공하는 과정에서 자연스럽게 실천적 예술이 작동한다. 공장 전체가 미술 작업장이고 작품 전시장이다.

미술가들만이 아니다. 음악가들의 지지와 성원은 어떤 점에서는 더욱 뜨겁다. 그들은, 자신의 분신 같은 고결한 기타가 분진 속에서 뼈가 녹아내릴 듯한 노동을 해야 했던 콜트악기 노동자들의 거친 손에 의해 만들어졌다는 사실 앞에서, 경건하다.

록 그룹 '부활'의 드러머 채제민이 지난 2012년 6월 24일 경인방송 라디오 프로그램 〈도깨비 라디오〉의 오프닝에서, "록 음악을 좋아하고 기타를 조금이라도 연주하는 사람들이라면 국내 기타 브랜드인 C(콜트악기) 사를 알고 있을 것"이라면서 "열악한 근무 환경에서도 장인 정신을 가지고 묵묵히 훌륭한 기타를 생산하던 솜씨 좋은 국내 노동자들"을 기억하고자 했던 것이 대표적인 사례다.

그는 "나의 분신처럼 사용되는 물건들이 어떻게 만들어지고 내 손에 쥐어지게 되는지 생각해 본 적이 있느냐"고 물었다. 이 물음은 콜트악기 노동자들이 제조한 기타라는 악기에 대한 경의 표시에 그치는 게 아니다. 그것은, 지금 우리가 손에 쥐고 사용하는 핸드폰이며 타고 다니는 자동차며 먹고 자는 아파트까지, 이 세상의 실질적인 삶의 조건을 누가 만들고 있는지를 되새겨 보자는 진지한 권유다. 채제민이 "불의에 대한 저항과 자유를 외치기 위한 문화적 상징이 록 음악이다. 록 음악에 없어서는 안 될 기타를 둘러싼 억압과 착취의 구조가 여러 가지 생각을 하게" 한다고 오프닝을 마무리했을 때, 그것을 바로 그 순간에 청취한 사람이나 지금 이렇게 뒤늦게나마 접하는 사람들 모두는, 이 세상의 진면목에 대해 거듭 성찰할 의무가 있다.

특히 인천이라면, 이 유서 깊은 거대도시의 곳곳에 있는 거무튀튀한 공장, 그 엄숙한 삶의 공간에 대해, 오가며 한 번씩은 깊은 생각을 해야만 한다. 지난 2012년 5월 1일, 미국 뉴욕의 맨해튼 유니언스퀘어에서 열린 노동절 행사에서는 세계적인 로커 톰 모렐로가 콜트악기 노동자들을 위로하고 격려까지 했다. 그가 속한 밴드 이름이 '레이지 어게인스트 더 머신(Rage Against The Machine)'인데, '기계 문명에 대한 저항'이라는 밴드 이름이 말해 주듯이, 그들은 아름다운 음악을 들려주는 기타가 누구에 의해, 어떤 조건에서 만들어지는가를 국적을 뛰어넘어 함께 생각하자고 촉구한다. 🖊

● 취재가 끝나고 몇 달 뒤인 2013년 2월 1일, 법원의 강제집행으로 콜트 노동자들은 공장에서 쫓겨나고 공장 건물은 결국 철거되었다. 그러나 싸움은 끝나지 않았다. 콜트 노동자들은 투쟁에 동참해 온 이들과 함께 정문 앞에 천막을 쳤고, 매주 수~금요일 저녁 7시 30분에 촛불문화제를 열며 투쟁을 이어 갔다.

인천 서구의
랜드마크,
SK에너지

대공장이 바꾼 서구의 삶

인천시 서구 원창동 SK에너지 인천컴플렉스. 낯선 방문자에게 이 드넓은 공장은 거대한 벽으로 다가왔다. 서해의 물이 깊게 스며들었던 서곶 일대가 대단위 공장으로 변하면서 형성된 원창동 일대의 쭉 뻗은 직선 도로, 그중 핵이 되는 봉수대로의 우측에 길게 자리 잡은 SK에너지 인천컴플렉스는 좀처럼 다가가기 어려운 장벽처럼 보였다.

그나마 몇 해 전보다는 훨씬 정비가 된 길이다. 예전에는 콘크리트 담장 일색이었다. 그것을 인천시 서구와 SK에너지 인천컴플렉스가 협조해 조경용 바위와 흙, 나무가 어우러진 녹지 담장으로 탈바꿈시켜 가고 있는 것이다. 인천시의 에코 프렌들리 팩토리(Eco-Friendly Factory) 사업의 일환으로 회색 담장이 허물어지고 그 자리에 자연 조경석이 놓이는가 하면, 그 위로 공기 정화 기능과 경관성이 뛰어난 침엽수와 메타세쿼이아 같은 나무들이 심어지고 있다. 그런 변화의 담장 너머로 빨갛고 노란 나비 문양이 거대하게 찍힌, 공장의 한 단면이 보인다.

"과거에 이 일대는 전형적인 어촌 지역이었습니다. 사람들은 물길을 따라 살았고 물때에 맞춰 살림살이를 꾸렸지요. 그러던 것이 1970년대에 경인에너지(현 SK에너지)를 시작으로 중화학공업의 본산으로 변모했고, 지금은 저 너머 보이는 청라지구처럼 새로운 대단위 주거단지가 조성되고 있어요. 서구는 끝없이 변화해 온 곳이고, 그 중심에 SK에너지를 비롯한 대규모 공장이 있는 것이지요."

공장 취재를 안내한 SK에너지 홍욱표 부장의 말이다. 그의 말대로 SK에너지를 중심으로 하는 인천시 서구 전역은 오래전 서곶으로 불리던 곳이다. 곶은 바다나 호수로 길게 뻗어 나간 육지의 끝 부분인데, 그 육지의 말단 사이로 서해의 바닷물이 내륙 깊숙이 스며들었다. 이 입지 조건을 살려 조선 후기에 삼남(충청·전라·경상) 지방의 세곡을 한강 수로를 이용해 한양으로 수송하기 전에 일시적으로 모아 두는 전조창을 서곶에 두었는데, 그로부터 원창동이란 이름이 생겼다. 급격한 도시화·산업화의 파도가 거세게 몰아치기 이전에 서구 일대에 '갯말'이나 '창고말'과 같은 자연부락이 있었다는 기록은, SK에너지 인천 컴플렉스 같은 세계적 규모의 대단위 공장이 들어서기 전에 이 일대 사람들의 생활이 어떠했는지를 그대로 말해 준다.

"옛 경인에너지가 들어서면서부터 서구가 완전히 달라지기 시작했어요. 인천 어디나 대체로 그렇듯이 대규모 공장이 들어서면서 외지인들의 유입이 급격히 늘었고, 원주민들도 기존 생활양식에서 벗어나 대규모 공장과 연관된 일을 하면서 생계를 이어 갔지요. 우리 어머니도 이 근처에서 식당을 했는데, 그 당시 경인에너지 다닌다고 하면 행정직이든 기술직이든 주변 사람들의 부러움을 받곤 했습니다. 어머니의 헌신적인 노력으로 공부를 다 마친 저는 마치 운명처럼 자연스럽게 이 회사에 취직해 지금까지 일하고 있지요."

경인에너지는 인천 서구 주민의 삶을 크게 바꾸어 놓았다. (사진 제공: 인천광역시청)

다시 홍욱표 부장의 말이다. 옛 경인에너지를 비롯한 주요 공장들이 들어서기 전에는 전기도 없고 우체국도 없고 신문도 제대로 들어오지 않던 곳이 서구 일대다. 1970년대 초에 전기가 들어오고 우체국 분국이 들어섰으며, 공장을 중심으로 일간지가 배달되기 시작했다. 1980년대 후반까지도 영화 상영관이나 문화시설조차 변변치 못했으나 지금은 상전벽해의 땅이 되었다. 밤이면 SK에너지 공장의 불빛으로 서구는 찬연하고, 그 너머로 일제히 기립한 청라지구의 마천루 아파트들이 지나간 20세기와 작별을 고하듯 화려한 빛을 뿜내고 있다.

석유산업이라는 것

SK에너지 인천컴플렉스의 역사는 조금 복잡하다. 이 땅에서 중화학공업의 역사가 본격적으로 시작되던 1969년 한국화약(현 한화화약)과 미국 유니언오일(현 코노코필립스) 사가 합작 투자해 경인에너지개발을 설립한 것이 인천컴플렉스의 연원이다. 1994년에 일시적으로 한화에너지가 되었다가 1997년 아이엠에프(IMF) 사태 이후 1999년 현대정유로 경영권이 이전되면서 인천정유로 상호가 바뀌었고, 다시 2005년에 SK그룹에 인수된 뒤 2006년 SK인천정유를 거쳐 지금에 이르고 있다. 이렇게 중추 민간 기업이 써 온 역사이지만, 그와 동시에 '석유'라는 소재의 중차대한 특성상 이 산업 부문과 그 생산 기지인 공장 자체는 개별 기업 차원을 넘어 국가 기간산업 시설로서 그 정체성을 유지해 왔다.

"이곳은 국가 차원에서 최고 수준으로 보안을 유지해야 하는 곳입니다. 석유 및 그로부터 파생되는 수많은 제품 문제도 있지만, 에너지라는 면에서 이 공장의 모든 시설은 기업과 국가가 가장 높은 수준에서 안전하게 관리해야 하는 특수한 공간이지요."

SK에너지 이영기 기획지원실장의 말이다. 그도 그럴 것이, 이 공장의 태생 자체가 개별 기업을 넘어 국가 차원에서 에너지의 원활한 공급과 유지를 보장하기 위한 것이었다. 인천화력발전소와 경인에너지 공장 준공식 화면에서 보듯이, 박정희 전 대통령이 직접 참석한 준공식은 하나의 국가적 행사였다. 그 당시의 시대 정서대로 동원된 고교생들과 주민들까지 4열 종대로 도열한 데다, 거의 '군복'에 가까운 작업복 차림을 한 직원들의 얼굴에서는 중화학의 한 중추를 떠맡았다는 긴장감이 물씬 풍긴다. 석유산업의 다각화와 주요 기간산업의 민영화가 상당히 진척된 오늘에도, 서구 일대의 대규모 공장들은 각 기업의 중추이자 국가 기간산업 시설이라는 면을 중요한 정체성으로 갖고 있다.

SK에너지는 2012년 초 인천컴플렉스의 경쟁력 제고를 위해 1조6천억 원 규모의 설비투자 계획을 의결했다. 이 투자를 통해 인천컴플렉스는 연간 130만 톤 규모의 파라자일렌(PX) 생산 시설을 갖춘 대규모 공장으로 탈바꿈하게 된다. 파라자일렌은 원유 또는 콘덴세이트를 정제해 나온 나프타를 분해해 만드는 석유화학 원료로, 합성섬유나 페트병 등의 기초 재료로 사용된다. 세계 최대의 소비 대국인 중국에 인접한 인천의 공장으로서는, 날로 늘어나는 합성섬유 수요에 대응하는 한편 고부가가치 석유화학 분야로 쉼 없이 움직여 가지 않을 수 없다.

산업화 시대에 정유 시설은 국가 차원에서 관리하던 특수한 공간이었다.
경인에너지 시절의 정문과 유조차 모습.(사진 제공: SK에너지)

"기존 석유산업이 에너지라는 측면에 방점이 찍혔다고 한다면, 오늘날에는 그것을 중핵으로 하되 상당한 수준으로 산업 다각화를 모색하지 않으면 안 됩니다. 그뿐 아니라, 세계적 차원에서 진행되고 있는 녹색에너지에 대한 관심이나 대단위 공장과 지역 주민의 상생 관계 등도 기업의 중요한 역할로 대두되고 있습니다."

홍욱표 부장의 말대로 석유산업은 치열한 경쟁과 모색의 전쟁터와 흡사하다. 중동에 밀집한 석유 산지들 가운데 안정적 공급처를 확보하여 동아시아 끝까지 석유를 이송하고 그것을 정제해 수많은 파생 상품을 만들어 내는 일은 고도의 계산과 합리적 예측을 필요로 한다. 그러나 그 과정에서 불가피하게 발생하는 공장 지대 지역민의 삶의 변화와 공장의 관계에도 관심을 두어야 한다. 그것이 어느 한쪽의 쾌승으로 끝나 버리고 마는 산업화요 발전이라면, 오래전 그 공장을 위해 생계의 터전을 양보했던 원주민의 삶은 어떤 의미가 있으며 공장을 따라 밀려든 수많은 이주민들의 새로운 삶은 어떤 의미가 있는지, 우리는 거듭 묻지 않을 수 없는 것이다.

한쪽으로 기운 힘의 저울추

"솔직히 과거에는 대규모 공장이 지역사회에서 막강한 영향력을 갖고 있었습니다. 1970년대 산업화 시절에는 중화학 공장 자체가 중요한 국가 기간산업 시설이었기 때문에 더러 지역 주민들에게 불편한 사안이 생기더라도 이의 제기조차 할 수 없었죠. 대규모 공장은 그 존재 자체로 해당 지역의 오랜 삶에 큰 변화를 주기 마련입니다. 고용 창출이나 지역 경제 활성화 같은 긍정적인 변화도 있지만, 불가피하게 환경문제 같은 것도 발생하기 마련이죠."

홍욱표 부장의 말처럼, 지난 산업화 시절에 대단위 공장의 영향력은 압도적이었다. 한국의 정유 산업이 그 초석을 다진 것은 1962년 제1차 경제개발 5개년 계획이 실시된 이후이다. 강력한 권력의 추진력에 의해 경공업 중심의 산업 지형 자체가 대단위 중공업 중심으로 탈바꿈한 시기다. 그 자체로 산업화 시대의 중요한 상품일 뿐 아니라 모든 산업의 기초가 되는, 다시 말해 어떤 산업 부문에서든 반드시 일차 원료가 되는 철강과 정유에 대하여 당시 정부는 상당한 정책 의지를 보였고, 그에 따라 정유 공장 건설 계획이 수립됨으로써 오늘날 보는 바와 같은 세계 수준의 석유산업의 기반이 마련되었다. 1962년 10월 대한석유공사가 설립되고, 1963년에 미국 걸프 사와 합작 계약으로 같은 해 12월 울산공단 내에 하루 생산량 3만 5,000배럴 규모의 정유 공장이 준공되었다. 정유 산업이 본궤도에 오른 것이다.

그 이전의 정유 산업은 일제의 영향력 아래 있었다. 역사에 기록된 최초의 정유 사업체는 일제가 1935년 6월에 설립한 조선석유주식회사 원산정유공장이었다. 식민지 조선을 제국 경제의 활력을 위한 장기적인 공장 지대로 설정했던 일제는 주요 항구도시들에 공장이나 기지창을 세웠고, 군산·인천·원산 등이 그 거점이 되었다. 막대한 자원이 소요되는 2차 대전의 와중에도 이러한 공장들은 단순한 생산 시설의 차원을 넘어 일제의 군수 목표를 떠받치는 시설로 작동했다. 해방 이후에는 미군정이 군정청 석유 배급 대행사를 통해 군이나 민간의 석유제품 수요를 충당하였다. 한국전쟁이 끝난 뒤에야 석유 부문의 자급력을 키우고자 하였으나, 당시의 경제 수준과 대미 관계의 형편상 1955년 5월 체결한 '한미 석유 운영 협정'의 통제 아래 놓일 수밖에 없었다. 원천 기술력이 미비하다 보니, 미국산 완제품 정유를 수입하여 소비하는 식의 불균형을 바로잡을 수 없었던 것이다.

1962년 제1차 경제개발 5개년 계획의 수립과 그에 따른 대한석유공사 설립은 중화학 공업의 자립을 추구하는 데 결정적 밑거름이 되었다. 이 조치 이후 1960년대 말에서 1970년대 초반에 걸쳐 대규모 정유사들이 본격적으로 산업 활동을 시작하게 된다. 그러나 100퍼센트 수입에 의존할 수밖에 없는 석유라는 원자재의 특성, 국제경제 무대에서의 미미한 지위, 불안정한 정세 등이 전제가 된 정유 산업은 대규모 국제 석유 회사와의 불균형적 합작이라는 구조적 문제점을 좀처럼 극복하기 어려웠다. 당시로서는 세계적인 회사에 비하여 정치력, 자금력, 기술력, 시설 등이 취약했던 탓에 어느 정도는 불평등을 감수하면서 자생의 돌파구를 마련해 나갈 수밖에 없었다.

그 당시의 정유 산업은 비록 이러저러한 민간 기업 형태를 취하기는 했어도 기본적으로 '국가 기간산업'이었다. 나라가 결정한 일이었고 나라의 에너지 기반을 다지기 위한 것이었으므로, 대규모 정유 공장이 들어선 울산·여천·인천 등지의 지역 주민들로서는 불가피하게 발생하는 여러 현실 문제에 대하여 제 목소리를 내기 어려웠다.

상생을 향하여

상황은 이제 많이 달라졌다. 우선, 에너지 산업 전체의 지형이 과거의 일국 주도형에서 상당히 변화했다. 물론, 원유 전량을 수입하여 그것을 바탕으로 다양한 산업 제품을 생산해 내야 한다는 우리의 태생적 한계는 여전하다. 1979년 6월 '한일 대륙붕 공동 개발 협약'을 시작으로 오랜 세월에 걸쳐 근해 내의 원유 시추 작업을 펼쳐 왔으나 모두 무위에 그쳤다.

그러나 국제 원유 시장의 변동, 특히 21세기 들어 대체 에너지 개발을 비롯하여 에너지 공급 기반의 다변화가 추진되는 상황에서 기존의 정유 산업 또한 변화를 도모할 수밖에 없게 되었다. 대체 에너지와 해외 유전 개발 참여라는 두 축이 새로운 과제로 부각되었다. 산업 지형의 이러한 변화뿐 아니라 에너지 및 도시의 삶에 대한 인식도 크게 바뀌고 있다. 일본의 후쿠시마 원전 사고 이후 국내에서도 기존 에너지 공급원의 전환을 적극적으로 모색하는 운동이 일어나는가 하면, 도시 안의 대규모 공장에 대한 주민들의 인식도 예전의 수동성에서 벗어나는 모습을 보이고 있다.

정유 산업은 제품 생산 과정에서 매연이나 폐수 등이 발생할 가능성이 있고, 대형 유조선에 의한 원유 수송 과정에서 해수 오염 등이 일어날 수도 있으며, 원자재의 특성상 화재 등의 사고에 의한 피해가 막대한 업종이다. 이 모든 위험을 철저히 예방하여 최고로 안전하게 생산한다 하더라도 그 산물인 석유산업 제품이 근본적으로 지구 환경에 반하는 성질을 갖고 있다는 점도 중요하다.

물론, 21세기의 인류는 석유를 대체할 풍부하고도 안전하며 친환경적인 에너지를 아직 마련하지 못하고 있으며, 아마 앞으로도 꽤 오랫동안 20세기의 에너지 수급 방식을 유지하게 될 것이다. 이에 대하여 SK에너지 인천컴플렉스 이영기 기획지원실장은 다음과 같이 말한다.

"에너지는 일반 시민들의 생활을 유지시켜 주는 원천입니다. 아울러, 에너지 문제는 국가 간의 중대한 사안이고, 특히 남북이 대치하고 있는 상황에서 북한과 그리 멀지 않은 곳에 위치한 인천의 정유 공장은 현실적으로 매우 중요한 시설이 될 수밖에 없습니다."

이는 SK에너지 인천컴플렉스뿐 아니라 저 1970년대 산업화 시절에 들어선 인천의 대규모 공장들에도 부여된 시대적 위상이다. 그러나 이들 시설을 안전하게 유지하면서도 한편으로는 그로부터 파생되는 문제점들을 극복해 가야 한다는 것 또한 엄연한 사실이다.

해마다 4월이면 전국의 호젓한 길마다 벚꽃이 피고, 사람들은 꽃구경을 위해 교통 체증의 대열에 참가한다. 저 멀리 진해나 지리산의 쌍계사 혹은 충남 서산의 개심사 들이 그런 행렬이 닿는 '명승지'이거니와, 대도시의 한복판에서도 벚꽃을 찾는 발길은, 해마다 어김없다.

서울에서는 마포구 당인동 서울화력발전소가 그 대표적인 곳이다. 평소에는 일반인의 출입이 금지되지만 매년 봄, 벚꽃축제 기간에는 개방된다. 200미터 남짓한 발전소 내부 도로를 따라 줄지어 선 150여 그루의 벚나무가 서울 시민들의 편안한 저녁 산책에 흥을 더해 준다.

거대한 공장과 컨테이너와 굴뚝으로 대표되는 인천의 항만 일대에

벚꽃이 만개할 때면 굳게 닫힌 공장 문이 열린다.
지역 주민과 상생 관계를 맺어 가는 것이 오늘날 공장의 운명이다. (사진 제공: SK에너지)

도 봄이면 벚꽃이 화려하게 피어난다. SK에너지 인천컴플렉스 벚꽃동산이 그곳이다. 이곳 역시 1년 내내 출입이 엄격히 통제되지만, 벚꽃철만은 예외다. 매년 봄, 많은 주민들이 벚꽃동산을 스스럼없이 찾아든다. 40년 이상 된 벚나무 600여 그루가 거대한 공장 전경과 맞물리면서 축복 같은 봄밤의 한 순간을 만들어 내고, 그 꽃의 터널 아래로 시민들이 산책을 하는 풍경이 봄이면 펼쳐진다. 올해에도 SK에너지 인천컴플렉스는 회사 버스를 제공하거나 기념품을 마련하는 등, 지역 주민을 위한 조촐한 행사를 치렀다.

"과거에는 '국가 산업'이라는 이유로 환경, 생태, 일상 등에서 꽤 많은 것들이 유보되기도 했습니다. 그러나 이제는 쌍방향 사회입니다. 함께 생활하고 함께 발전하고, 또 크고 작은 문제가 생기면 함께 해결해 나가는 것이 오늘날 거대한 공장의 의무가 되었죠."

홍욱표 부장의 이 말이 현실에서 얼마나 실현될지는 아직 미지수다. 그러나 압도적 지위에 있던 대단위 공장이 지역 주민과 상생을 해야 한다는 인식에 도달한 것만 해도 상당한 변화다. 그것이 오늘날 공장의 운명이다. ✎

남동공단?
남동인더스파크

상전벽해의 삶터

　　　　　　나는 지금 남동인더스파크역에 서 있다. 남, 동, 인,
더, 스, 파, 크, 역. 아직 입에 착 달라붙는 이름은 아니다. 역 이름치고
는 꽤 길다. 여덟 음절이나 된다. 마땅히 줄여 부르기도 쉽지 않은데,
어쨌든 이 드넓은 공단 지대의 새 역사로는 큼직하고 깔끔하다.

　지난 2012년 6월 30일에 부분 개통된 수인선 역이다. 현재 수인선은
복선 전철화 사업 중 인천의 연수구 송도와 경기도 시흥시 오이도를
잇는 13.1킬로미터 구간이 완공되어 우선 개통되어 있다. 원인재역에
서는 인천 지하철 1호선과 환승이 가능하다. 나날이 변화하는 인천 남
부 일대의 교통망이 이 수인선 덕분에 그 동맥경화증을 한결 덜고 있
다. 부분 개통된 구간의 양쪽 구간도 한창 공사 중이다. 송도에서 인천
깊숙이 들어가는 구간(7.2킬로미터)은 2014년 말에, 오이도에서 한양

남동공단의 오후

대를 거쳐 수원에 이르는 구간(19.9킬로미터)은 2015년 말에 각각 개통

될 예정이다.

　수인선! 이렇게 느낌표를 붙여야 할 철도다. 신생 노선이지만 사실

은 70여 년의 역사를 지녔다. 일제강점기인 1937년 8월 5일, 사설 철

도 회사인 조선경동철도가 인천의 소래 지역에서 산출되는 귀한 소금

을 수송하려는 목적으로 부설한 것이 그 시작이다. 해방 이후에는 모

든 사설 철도를 국유화하는 정책에 따라 교통부 철도국 소유로 변경되

었고, 그 이후 협궤 열차가 다녔다. 폭이 어찌나 좁은지 맞은편 사람과

무릎이 닿을 정도라는 애교 섞인 과장의 말까지 돌았다. 1972년 수여

선(수원~여주)이 폐선된 이후에는 유일한 협궤 철도였다. 수여선 역시 일제강점기에 조선경동철도가 여주 일대의 쌀을 수송하기 위해 부설한 노선이었다.

수인선이나 수여선이나 여객보다는 해당 지역의 물자를 수송하기 위한 것이었으므로, 해방 이후 그러한 목적이 사라진 뒤에는 사람살이의 교통수단으로서는 한계가 분명했다. 수여선 폐선에 이어 수인선도 1994년에 지금의 송도역에서 한대앞역에 이르는 구간이 잠정 폐선되었고, 1996년 1월 1일에는 전 구간의 영업이 중지되었다. 그로부터 십몇 년에 걸쳐 복선 전철화 계획과 그에 따른 공사가 진행되어 마침내 2012년 6월, 부분 개통을 보게 된 것이다.

수인선 폐선 이후에도, 인천시 남동구 소래포구의 깊숙이 들어온 서해의 물길을 따라 주말이면 어김없이 사람들이 몰려들었다. 시도 쓰고 소설도 쓰는 윤후명은 시 「협궤 열차」에서 지난날 남동구 소래의 삶을 이렇게 묘사한 적 있다.

저놈의 열차는
금방 무덤에서 나온 듯
도시에 나타나 어 저게 저게 하는 동안
뒤뚱뒤뚱 아마 고대공룡전(古代恐龍展)으로 사라진다니까
거무튀튀한 몸통뼈 안에 그러나
흔들리는 삶
아직 살아서 뒤척이는 꿈

날품팔이 아낙네의 질긴 사랑

나도 그래야 한다 사랑해야 한다

바로 그 "살아서 뒤척이는 꿈"이 질긴 사랑으로 이어지고 이어져서
인천의 남부 지역은 그야말로 상전벽해, 하루가 다르게 변모하는 인천
남부의 새로운 삶터가 되고 있다. 소래포구 주변으로 아파트가 줄지어
들어섰고, 인천 남부 지역과 안산을 직결하는 제3 경인고속도로는 저

날품팔이 아낙네의 질긴 삶을 싣고 소래철교를 지나는 협궤 열차 (사진 제공: 인천광역시 남동구청 홍보미디어실)

멀리 인천공항이나 항만에서 시작한 교통량을 강건하게 떠받치고 있다. 그리고 상전벽해의 표상이 되는 송도 신도시가 기립하였고, 그 옛날의 남동공단도 '남동인더스파크'라는 이름으로 일신하고 있는 중이다. 나는 지금 그 높다란 역사에 서서 남북으로 뻗어 있는 남동공단, 아니, 남동인더스파크를 내려다보고 있다.

이름은 시대의 변화를 담고

낯선 이름이 주는 어색함은 비단 이곳 역사에 국한되지 않는다. '공단'이라는 단어가 풍기는 그 옛날의 이미지들을 애써 지우기 위함인 듯, 새 시대를 나타내는 단어들이 공단 곳곳에 포진해 있다. 글로벌, 파크, 하이츠, ……. 인근의 지하철역 이름도 '센트럴파크'역이다. 이른바 '글로벌' 시대의 감각이라는 것인가.

이 변화를 그저 '근사한 외래 어휘'로 포장하려는 것으로만 보면 곤란하다. 물론, 오랫동안 써서 익숙한 어휘로 역 이름을 정했더라면 하는 아쉬움은 있지만, 개명의 바탕에는 그 나름의 시대적 변화가 깔려 있다.

이를테면 서울의 구로공단을 보자. 1965년 국내 제1호 공단으로 지정될 때의 공식 명칭은 한국수출산업단지. 그러나 흔히들 '구로공단'이라고 불렀고, 그게 원래 이름인 것처럼 여겨질 정도였다. 그러다가 2000년에 서울디지털산업단지로 변하였다. 낯설고 길고 외래어가 섞인 이름으로 바뀐 것인데, 이는 단순한 개명 놀이는 아니었다. '다방'

이 점점 줄고 '카페'가 기하급수적으로 늘어난 것처럼, 이러한 명칭 변경은 실제로 산업의 지형과 그 안에서 일하는 사람들의 감각이 바뀌었음을 방증하는 것이다.

서울 지하철 2호선 구로공단역은 지난 2005년에 구로디지털단지역으로 개명했다. 그런데 이름만이 아니라 실제로 산업 문화의 풍경이 바뀌었다. 점심 무렵 이 구로공단, 아니, '디지털단지'는 짙은 작업복 차림의 이른바 블루칼라 대신 스마트폰이나 태블릿을 한 손에 들고 다른 손에는 테이크아웃 커피를 든 직장인들로 차고 넘친다. 산업화 초기의 섬유나 봉제(1960~1970년대), 막 선진 산업에 진입하기 시작하던 무렵의 전자 부품(1980~1990년대)의 시대를 거쳐, 지금 구로디지털단지 일대는 첨단 정보기술(IT) 산업과 미디어 산업을 주축으로 '굴뚝 없는 공장' 시대를 열고 있다. '디지털단지'라는 말은 그러한 변화를 압축하여 보여 주는 것이다.

그렇다면 남동공단이 남동인더스파크로 개칭된 것은 어떤 변화 요인에 의한 것인가. '공단'이라는 말에서 느껴지는 '낡고 우중충하고 거친' 옛날의 흔적을 지우려고 그저 단어 하나 슬쩍 바꾼 것일 따름인가. 그렇다면 몹쓸 노릇일 터이다.

그 옛날 산업화 시대를 온몸으로 이끌어 온 공장 노동자에 대한 위로와 존경이 없고서는, 우리나라의 산업 발달입네 선진국입네 하는 말은 모두 '화장발'에 불과하다. 매캐한 화공 약품과 위험천만한 공작기계와 힘에 부치는 중장비를 제 몸의 일부로 여기며 수십 년 동안 인천의 공장에서 삶을 꾸려 온 노동자들의 역사를 외면하려 하거나 작업복

'인더스파크'라는 이름은 시대의 변화를 제대로 담아내고 있는가?

의 문화를 '낡고 우중충한' 것으로 여긴다면, 그래서 공단이라는 이름 대신 '근사하게' 인더스파크 같은 말로 삶의 흔적을 지우고자 하는 것 이라면, 이는 마땅히 사양해야 할 일이다.

지난 2011년 12월, 한국산업단지공단 경인지역본부는 기존의 '남동산업단지'라는 명칭을 '남동인더스파크'로 변경했다. 본부 측에 따르면, 거의가 관할 지방자치단체 이름을 앞에 붙인 산업단지라는 획일적인 명칭 때문에 해당 산업단지의 고유한 특성을 반영하는 데 한계가 있다는 지적을 반영했다고 한다. 6천여 기업이 입주해 있는 남동인더스파크는 1985년 4월 1단계 착공을 시작으로 1989~1992년에 2단계까지 완공된, 인천 지역 산업 생산의 35퍼센트를 담당하고 있는 대표적인 공장 지대다. 이 대대적인 공사의 실제 목적은 서울을 중심으로 하는 수도권 일대 곳곳에 수십 년에 걸쳐 자연 발생적으로 산재하게 된 공장들을 수도권 '외곽'의 한자리에 모으는 데 있었다. 1차로 식품·섬유·목재·금속·제지·석유화학 관련 공장들이 남동 지역으로 이전해 왔고, 이어서 영상·정보·통신·광학·전자 등이 속속 이 지역의 산업으로 재편되어 들어왔다.

　이렇게 형성된 '남동공단'은 산업화 시절의 공장 중심 공단을 넘어, 지금은 다양한 파생 산업 및 서비스업 관련 시설과 일반 주거 시설까지 들어선 복합적 공간을 만들어 내면서 이전과 전혀 다른 공장 문화를 형성해 가고 있다. 그 점에서, '공단' 대신 '인더스파크'라는 말을 쓰기로 한 결정은, 인천 지역의 공장 시설과 산업 지형과 그 안의 일상 문화를 일정 정도 반영한 것임이 분명하다. 📝

다문화
시대의
공장 지대

'작은 지구촌'으로 변모하는 남동구

2012년 9월 22일, 남동인더스파크 인근 논현포대근린공원에서 의미 있는 행사가 펼쳐졌다. 남동구에서 건립한 '남동하모니센터'(이하 하모니센터)가 개관식을 갖고 본격적으로 운영을 시작한 것이다.

이 센터는 앞으로 교육, 상담, 문화, 치유 프로그램 등을 운영하여 남동구 지역의 다문화 가정 주민들에게 의미 있는 공간으로 자리매김할 예정이다. 국비 5억 원에 구비 5억 원 등 총 10억여 원의 예산을 들여, 지상 2층 규모의 공간에 도서관·강의실·상담실·카페 등을 마련했다. 새로 개통된 수인선을 타고 인더스파크역에서 원인재역으로 가다 보면 오른편으로 포대근린공원이 펼쳐진다. 원인재역에 다가가노라면 널찍한 공원 한편에 서 있는 2층짜리 한옥 건물이 눈에 띄는데,

그곳이 바로 하모니센터다.

하모니센터가 남동구에 들어섰다는 사실은 시사하는 바가 크다. 우선, 인천에 거주하는 외국인 수가 점점 늘고 있고 특히 남동구의 증가 추세가 다른 지역보다 훨씬 빠르다는 점이다. 행정안전부가 발표한 2012년 지방자치단체 외국인 주민 현황 조사 결과에 따르면, 현재 인천 지역에 거주하는 외국인 주민은 총 7만 3,588명으로 광역시 중 가장 많은 것으로 나타났다. 인천시의 주민등록 인구는 총 280만 1,274명인데 이중 2.6퍼센트가 외국인 주민이다. 2011년의 6만 9,350명에서 4,238명이나 늘어난 수치다. 참고로, 국내에 거주하는 외국인 수는 모두 140만 9,577명으로 전체 인구의 2.8퍼센트이다.

인천에 거주하는 외국인 주민의 유형만 봐도 이 센터의 의미가 각별하다. 외국인 노동자가 3만 620명이고 결혼 이민자가 8,202명이다. 이들이 직접적으로 이 센터와 관계된다. 그 밖에 유학생(2,117명)과 재외 동포(5,992명), 외국인 주민 자녀(9,552명) 등이 있다. 행정안전부의 같은 자료에 따르면, 인천의 각 지역 중에서 남동구의 외국인 주민 수가 1만 6,380명으로 가장 많은 것으로 나타났다. 그다음이 서구로 1만 4,021명이다. 이렇게 남동구와 서구에 외국인 주민이 많은 것은 이들 지역의 산업단지를 거점으로 외국인 노동자들이 거주하고 있기 때문이다. 공식 기록에 따르면, 현재 남동구와 서구에 각각 9,642명과 7,737명의 외국인 노동자가 거주하고 있다.

하모니센터가 본격적인 운영에 들어간다는 것은, 짧지 않은 역사를 가진 남동인더스파크(옛 남동공단)가 조심스럽게 변화의 물결을 타고 있음을 뜻한다. 원래 이 지역은 남촌면과 조동면이었는데 일제강점기 초기인 1914년 3월에 지방 제도 개편을 하면서 부천군 남동면이 되었고, 해방 이후 인천시 남동출장소가 관할하다가 1981년 인천이 직할시로 승격하면서 남구가 된 곳이다. 그 후 빠른 속도로 도시가 팽창하고 인구가 유입되면서 7년 뒤에 남동구로 승격되었다. 이때까지만 해도 농업·축산업·어업이 지배적이었는데, 1985년부터 중소기업 전용 국가산업단지가 조성되면서 제조업 중심의 공업 도시로 바뀌었다.

1985년 1단계 조성 공사가 시작되어 1989년에 완공을 보고 1992년에 2단계까지 완공되면서 인천의 대표적인 산업단지로 발전해 온 남동인더스파크는 식품·목재·석유·금속 등의 기존 산업에 영상·정보·의료·광학·전자·컴퓨터 등의 첨단 산업이 더해지면서 물리적 구성이 변화하였다. 그 과정에서 외국인 노동자가 급증함에 따라 인구 구성과 일상 문화에서도 지난 산업화 시절과 조금씩 달라지는 양상을 보이고 있다.

2012년 6월 11일, 남동구의 50만 번째 주민이 탄생했다. 1988년 인구 25만의 자치구로 시작한 남동구가 24년 만에 인구가 두 배로 늘면서 중형 규모의 도시로 발전하고 있는데, 그 한 축을 외국인 주민이 형성하고 있다. 외국인 주민은 그 숫자와 비중도 물론 중요하지만, 우리 사회의 기존 인구 구성이나 일상 문화에 큰 변화 요인으로 작용한다는 점이 더욱 중요하다. 아울러, 전국 최대인 1,500명 수준으로 급증하고 있는 북한 이탈 주민 또한 남동구 지역의 산업과 일상에 중요한 변화 요인으로 작용하고 있다. 이처럼 외국인 노동자와 새터민 등이 합류하

면서, 남동인더스파크 일대는 인접한 안산과 함께 '작은 지구촌'으로 변모하고 있는 중이다.

남동구와 한국산업단지공단 인천본부에서는 이러한 변화에 주목하고, 저마다 사연을 안고 새로운 삶을 찾아 이 지역으로 이주한 외국인을 위해 그동안 의미 있는 행사를 벌여 왔다. 예컨대, 2012년 6월 20

일 남동문화예술회관에서는 제27주년 남동인더스파크의 날 기념 공연을 열면서 외국인 노동자들을 위한 다채로운 행사를 벌이기도 했다. 하지만 이제는 일회성 행사나 이벤트보다는 지속 가능한 삶을 위한 정보 교류, 상담, 교육, 치유 등이 필요하다. 포대근린공원에 하모니센터가 들어선 것은 그 일들을 위해서다.

이제는 '상호작용주의'를 생각할 때

물론, 공간은 중요하다. 그러나 더 중요한 것은 그 공간에서 어떤 콘텐츠를, 어떤 관점에서, 어떻게 운영하느냐다. 이와 관련하여 우리는 '상호작용주의'를 생각해 보아야 한다. 상호작용주의란 둘 또는 그 이상의 사물이 서로 작용을 미치는 일이나 그에 따른 결과를 말한다. 요컨대, 외국인 노동자와 주민을 대하는 초기 정서가 '자국 중심주의'였다면, 이제는 그들의 정서와 문화와 역사가 이 지역의 그것과 마주치는 '상호작용주의'를 고려해야 할 때가 된 것이다. 다문화 가정이 증가하면서 발생하는 여러 가지 사회적 혼란이나 문제는 어느 한쪽의 문화적 전통을 강요하거나 그 틀 안으로 흡수하는 방식으로는 도저히 해결되지 않을뿐더러, 오히려 더 큰 문제들을 낳기 십상이다.

우리 사회의 오랜 가부장 순혈주의는 21세기의 글로벌 이주 문화 현
상에 더 이상 적용되기 어려울 뿐 아니라, 특정한 상황(경제 위기, 고실
업, 장기 불황 등)에서는 외국인 노동자와 주민을 밀어내는 위험한 무기
로 작동할 가능성마저 있다. 외국인 노동자 외에도 국내에 거주하는
결혼 이주 여성이 15만 명이 넘는데, 이러한 변화는 우리의 일상 문화
를 자연스럽게 다문화 열린사회로 이끌어 가고 있다. 특히 중하위 계
층에서 외국인 여성과 한국인 남성 사이에 확대되는 결혼은 우리 산업
구조와 사회제도의 필요에 따른 내부적인 일이다. 노동 이주가 산업적
요구와 주로 관계가 있고 결혼 이주는 일상 문화와 가족공동체와 주로
관련된다는 차이는 있지만, 두 형태의 이주가 결합되어 있는 경우도
많다.

　　갓 출범한 하모니센터의 첫걸음이 중요한 것은 바로 그 때문이다.
이 센터의 건립과 운영을 실무적으로 담당한 남동구청의 박규자 과장
은 "외국인 노동자나 이주 여성에 대한 기존의 이미지부터 버릴 필요
가 있다"고 말한다. 박 과장은 "오랫동안 우리 사회는 이들에 대하여
가난한 나라에서 온, 학력 수준과 한국어 습득 능력이 낮고, 더러는 수
동적이며 무기력한 사람들이라고 생각해 왔는데, 그런 사고방식은 이
제 한계에 도달했다"고 진단한다.

　　기존 관념에 따른 대응은 철저한 밀어내기 아니면 온정주의적 시혜
정도였다. 그러나 이미지가 실제와 맞지 않을 뿐 아니라, 밀어내기나
온정주의적 시혜 모두가 이 급격한 문화 변동을 담아낼 만한 그릇이
되지 못한다는 점이 현실로 확인되었다. 박규자 과장은 "일단은 정보

교류와 교육 상담을 하면서 일상을 함께 나누는 공간이 되겠지만, 이 센터는 누가 누구를 일방적으로 돕는 곳이 아니라 '더불어 함께 살아가는 연습'을 하는 곳이 되어야 한다"고 말한다.

이미 다문화 가정에서 태어난 많은 아이들이 학생이 되어 우리 사회의 구성원으로 살아가고 있다. 학생 자녀를 둔 이주 여성의 수가 6만 명에 가깝다. 이러한 변화는 남동구만의 일도, 인천 지역만의 일도 아니다. 전국적인 현상이요 국제적인 양상이다. 아시아 전체의 인적 교류 확대에 더하여 북한 사회의 급변 가능성까지 조심스럽게 점쳐지는 향후 10년 이내에 우리 사회는, 인천은, 그리고 남동인더스파크는 '다문화'라는 말 자체가 폐기되어야 할 정도로 급속한 인적 재편을 겪을 수도 있다. 기존의 가부장 순혈주의에서 벗어나 다양한 사회 구성원들이 동등한 권리와 가치를 누리는 쪽으로 물결은 흐르고 있다. 그 흐름 속에서 하모니센터가 이제 막 출발을 한 셈이니, 향후의 기획 운영에 더욱 관심이 갈 수밖에 없다. 📝

2부

공장의
기억과 기록

인천의 산업유산, 곧 도시 곳곳에 산재한

공장과 창고와 숙소와 철교 등은 복원되고

그 가치를 제대로 평가받아야 한다.

아울러, 가난을 대물림하지 않기 위해

평생을 헌신했던 지난 세대의 희생과 저항 또한

존중받아 마땅한 소중한 '유산'이다.

공장의
기억

과거를 기억하는 한 가지 방법

2012년, 런던에서 제30회 올림픽이 열렸다. 그해 7월 28일 새벽 5시(한국 시간)에 시작된 올림픽 개막식은 영국의 수백 년 전통과 역사가 하나의 블록버스터 뮤지컬처럼 펼쳐진 장관이었다. 그런데 공장과 산업을 통하여 유서 깊은 인천의 삶과 문화를 재조명하는 이 글과 그 개막식이 무슨 관계가 있을까? 궁금히 여길 독자를 위하여, 개막식 주요 대목에 관한 기억을 다시 한 번 환기하고 싶다.

런던올림픽 개막식은 〈트레인스포팅〉, 〈슬럼독 밀리어네어〉, 〈28일 후〉 등으로 유명한 대니 보일 감독이 연출을 맡았다. 그는 영국의 전형적인 아웃사이더 문화계 인사다. 개막식을 통하여 그가 표현하려 한 것은 런던 역사의 양면성이었다. 그 핵심이 2부에 묘사된 산업혁명 기간이다.

대니 보일 감독은 2012년 런던올림픽 개막식에서 산업혁명기 영국에 관한 장대한 서사시를 선보였다.
(사진: Wikimedia Commons, by Barney Moss)

　　19세기 초의 시인 윌리엄 블레이크는 산업혁명 시기를 "악마의 맷돌"이라고 불렀다. 자연과 인간과 사회를 모조리 상품으로 전락시키는 지옥의 맷돌 말이다. 블레이크가 주목했던 것은 그때 런던 곳곳에 세워졌던 대규모 공장의 검은 굴뚝이었다. 그의 유년 시절, 새로 들어선 거대한 기계는, 그동안 비록 생산량은 작아도 그것을 나누며 살아온 마을 공동체를 파괴하였다. 거대한 굴뚝에서는 시커먼 연기가 피어올랐다. 그의 고향에서나 런던에서나 굴뚝은 자주 청소를 해 주어야 하는 중요한 설비였다. 그래서 몸집이 작은 어린이들이 그 굴뚝 속을

밧줄을 타고 오르내리며 청소를 했다. 길 가던 사람들은 이따금 저 '지옥'에서 들려오는 듯한 울음소리나 비명 소리, 혹은 청소를 다 마쳤으니 밧줄을 당겨 꺼내 달라는 소리를 듣게 된다. 블레이크는 그 소리가 산업혁명과 공장의 비인간성을 보여 준다고 생각했다. 그래서 다음과 같이 썼다.

사람들의 비명 소리마다마다에서,
모든 아기들의 겁에 질린 울음에서,
모든 목소리에서 모든 금지에서,
마음이 벼려 만든 쇠고랑 소리를 나는 듣는다

굴뚝 청소하는 아이의 울음소리가
음험한 교회를 어떻게 간담 서늘하게 하는가를
불행한 병사의 한숨이 어떻게
피가 되어 궁궐 벽으로 흐르는가를

대니 보일 감독은 올림픽 개막식을 연출하면서 이 점에 주목했다. 평화로운 농촌이 거대한 공장 지대로 변모하고, 출연진들은 무표정한 얼굴과 고통스러운 몸짓으로 공장의 노동을 재현한다.

이 공연에 참가했던 어느 영국인은 "산업혁명 당시의 분노를 표현"했다고 말했다. 영국의 일간지 ≪텔레그래프≫는 "영국의 '경이로움'과 '괴로움'을 함께 묘사"한 것이라고 썼다. 그러니까 대니 보일 감독은 영국의 역사, 특히 산업혁명의 역사, 그 시커먼 공장의 역사, 그 암울했던 상황을 묘사했던 것이다.

지워지는 '노동의 기억'들

만약 우리가 그와 같은 소재를 다룬다면 어떻게 될까? 이를테면 2014년으로 예정된 인천아시안게임에서 인천의 산업과 공장과 노동의 역사를 묘사한다면, 과연 대니 보일의 연출과 영국인들의 평균적인 인식만큼 재현해 낼 수 있을까. 혹시나 '산업 역군', '경제 성장', '글로벌 인천' 같은 진부한 단어와 이미지의 나열에 그치는 것 아닐까. 그렇다면 끔찍하다.

끔찍하다 함은 '기억의 망각' 때문이다. 잊어서는 안 될 기억, 반드시 재생하여 그 의미를 반추하고 성찰해야 할 기억에 대하여, 우리 사회는 집단 망각증에 걸린 듯 줄기차게 앞만 보고 달려 왔다. 마치 과거가 빨리 탈피해야 할 낡은 껍질이라도 되는 양, 마치 과거가 부끄럽고 추악한 것인 양, 마치 과거가 기억의 무덤 안에 집어넣어야 할 것이라도 되는 양 그렇게 우리는 살아왔다.

내가 말하는 '기억'이란 바로 '노동의 기억'이다. 물론, 그 기억은 가슴 아프고 쓰라린 것이었다. 우리 사회에서 노동이란 가급적 대물림하고 싶지 않은 일로 여겨진다. 언론, 교육, 행정 등에 종사하는 이른바 '전문직'도 자신들의 행위를 '노동'이라고 부르는 것을 꺼린다.

그리하여 우리는 우리를 키워 준 부모 세대의 노동을 멸시하고 기억

2014년 인천아시안게임에서 인천은 어떤 모습으로 우리에게 다가올까?

에서 지우려고 했다. 그들이 겪어야 했던 시련의 계절을 제대로 갈무리하지 못했고, 그들이 격동기에 입어야 했던 상처를 제대로 아물리지 못했고, 그들이 처했던 극단적 상황들을 망각의 강으로 흘려보내려 했다. 노동을 존중하지 않는 곳, 노동하는 몸을 가벼이 여기는 곳, 노동의 기억을 애써 지우려 드는 곳, 그곳이 바로 우리 사회다. 그런 의미에서, 지난 산업화 시대의 기억을 단순히 '산업 역군, 경제개발'이라는 프레임만으로 기억하려는 것은, 그것의 양면성이나 가려진 측면을 애써 잊겠다는 의지로 해석될 수밖에 없는 것이다. 🖋

기억의
복원

바로 세워야 할 복원의 관점

최근 들어 인천 지역에서 '근대 산업유산'을 재평가하고 그것을 복원·재현하거나 그 공간을 오늘의 문화적 관점에서 재활용하려는 시도가 다양하게 펼쳐지고 있다. 반가운 일이다.

유럽에서는 이미 1973년에 '산업유산'이라는 개념을 정립하여 산업 시설(곧, 크고 작은 공장들)에 대한 방대한 조사와 복원 작업을 진행해 왔다. 산업혁명이 시작된 18세기 후반부터 2백여 년에 걸쳐 유럽 곳곳에 형성된 대규모 공장 지대가 20세기 후반에 이르러 점점 존재 가치나 생명력을 잃게 되는데, 이를 그대로 방치하거나 무조건 신도시 개발로 밀어 버릴 것이 아니라 제대로 연구하고 복원하고 재활용하자는 움직임이 일어난 것이다. '산업유산'이라는 개념도 이 지구의 장구한 역사 속에서 형성된 자연유산이나 문화유산에 못지않은 역사성과 가치를 지녔음을 강조한 것이다.

이때 중요한 것은 산업유산을 조사하고 복원하는 관점이다. 특정한 장소에 물리적으로 존재하는 산업유산의 외형적 존재 가치를 밝히는 것이 기본 목표이지만, 그 안에서 일했던 사람들의 삶을 존중하고 그에 관한 기억을 복원하는 일 또한 놓쳐서는 안 될 과제이다.

대니 보일 감독이 산업혁명기의 비참하고 곤궁했던 런던 사람들의 삶을 올림픽 개막식에서 재현한 것도 그와 같은 보편적 이해에 따른 것이다. 그것은 단지 그 시기에 어렵게 산 사람들이 있었다는 사실의 표현이 아니라, 바로 그들의 노동과 희생에 의하여, 더 나아가 보다 나은 삶을 위한 저항에 힘입어 유럽이 미증유의 지옥에 빠지지 않고 조금이라도 나은 사회로 한 걸음 내디딜 수 있었다는 데 대한 깊은 신뢰와 존중의 표현이었다.

인천의 경우 21세기 들어 지역 산업유산에 대한 기본적인 조사를 진행하였고, 그중 복원이나 재활용이 가능한 시설물을 확인하는 작업을 꾸준히 해 왔다. 개항 이후, 특히 일제강점기에 형성된 양조장, 직물 공장, 성냥 공장, 제분소, 화물 창고 등에 대한 실태 조사가 이루어졌고, 그중 일부는 오늘의 문화적 목적에 맞게 재활용되기도 하였다. 예컨대, 인천의 대표적인 공공 복합 문화예술 공간인 아트플랫폼은 인천시가 중구 해안동의 개항기 근대 산업유산과 인근 부지를 매입하여 조성한 것이다.

다만, 인천의 산업유산이 '지나간 시절의 옛 추억'으로 머물고 있다는 점은 아쉽다. 도시 전체의 균형 잡힌 보존과 개발이라는 관점에서 아트플랫폼은 산업유산 활용의 한 모범을 보여 준다.

이러한 작업을 진행하기보다는, "글로벌 인천" 등의 구호 아래 옛 산업 시설을 '낙후하고 쇠락한 것'이라는 프레임 안에 가두어 버린 면이 없지 않다.

이를테면, 미래의 삶과 문화는 송도나 청라에 있고 옛 공장 건물이나 창고나 철교는 지난 시절을 잠시 담아 둘 박제품이 될 뿐이다. 그도 아니면, 아예 오래전에 매각하거나 철거하고 그 자리에 작은 표지석이나 남길 따름이다. 아직 이런 단계이다 보니, 산업유산을 통하여 지난 시절의 노동과 헌신까지 제대로 복원하고 그 가치를 평가하는 작업은 미완의 과제로 남아 있다.

인천의 산업유산, 곧 도시 곳곳에 산재한 공장과 창고와 숙소와 철교 등은 복원되고 그 가치를 제대로 평가받아야 한다. 아울러, 가난을 대물림하지 않기 위해 평생을 헌신했던 지난 세대의 희생과 저항 또한 존중받아 마땅한 소중한 '유산'이다. 그 흔적을 더듬어 보기 위하여 나는 인천시 중구 파라다이스 호텔 입구를 찾아간다. 일제강점기에 담배 공장이 있었던 곳이다. 📝

동인천의
유산들

표지석 하나로 남은 100여 년 역사

인천시 중구 파라다이스호텔 입구. 인천역 앞은 쉼없이 오가는 차량과 오랫동안 계속되고 있는 공사 소음으로 혼잡하다. 이 혼잡이 인천의 초상화다. 말끔하고 깨끗하고 단정한 인천도 있다. 저 송도나 청라 쪽으로 가면 모든 길은 직선이고 수십 층에 달하는 고층 건물들이 수직의 스카이라인을 그리고 서 있다. 그것도 인천의 얼굴이다.

그러나 인천의 역사, 그 오랜 절망과 희망들, 슬픔과 기쁨들, 눈물과 환희들이 뒤섞여 적어도 100여 년 이상의 근현대사가 농축된 곳이라면 인천역 앞의 혼잡이 단연 그 표상일 터이다. 길은 사방에서 수렴되고 또한 사방으로 확산된다. 어떤 차는 항만에서 흘러들어오고 어떤 차는 도원동 쪽으로 질주한다. 외지에서 차이나타운을 찾아온 관광객

제물포연초회사 (Chemulpo Tobacco Co.) 터

인천의 담배 즉 오늘날과 같은 궐련[卷煙]의 역사는 20세기에 들면서 시작되었다는 것이 정설로 되어 있다. 1901년 그리스인 밴들러스가 중구 사동(沙洞)에 동양연초회사를 설립했다는 기록이 바로 최초의 연초공장이 되는 셈이다. 이 회사는 1903년 수입 담배에 밀려 문을 닫는데, 지배인이었던 미국인 해밀턴이 맥을 이어 다시 이 자리에 제물포연초회사를 세웠다. 이 회사는 '홍도패', '산호', '뽀삐' 같은 상표의 궐련을 생산하면서 1921년 조선총독부가 연초전매법을 실시할 때까지 영업을 하였다고 한다. 그밖에 자세한 이야기는 알려져 있지 않으나 '제물포연초회사' 라고 쓰여 있는 공장 같은 벽돌 창고가 바로 이곳 언덕 아래에 있었다.

인천광역시 중구

<1910년 경의 담배광고>
자료협조·인천광역시역사자료관

몇 줄의 간략한 안내문에서 담배 공장에 얽힌 '삶의 기록' 은 찾아볼 길이 없다.

의 차량은 인천역 맞은편의 언덕으로 올라가고, 이 일대에서 사업을 하는 차량들은 그 반대편 파라다이스호텔 언덕으로 올라간다. 그 모퉁이에 담배 공장 표지석이 서 있다.

1910년경의 담배 광고가 각인돼 있고 간략한 글이 씌어 있다. 안내문을 읽어 본다. 1901년 그리스 사람 밴들러스가 중구 사동에 동양연초회사를 설립했고 경영상의 문제로 문을 닫게 될 상황에 이르자 1903년 미국인 지배인 해밀턴이 인수해 현재의 자리에 제물포연초회사를 세웠다는 내용이다. '홍도패', '산호', '뽀삐' 같은 상품을 생산했으며, 1921년 조선총독부가 연초전매법을 실시할 때까지 영업을 했다고 한다. 그리고 "그 밖의 자세한 이야기는 알려져 있지 않다"고 표지석은 덧붙인다.

담배와 짝을 이루던 성냥의 사정은 어떠한가? 우리나라 전체를 통틀어 어디에 성냥 공장이 처음 들어섰는지에 대해 구한말의 여러 문헌들은 서로 다른 지명을 지목한다. 1923년 발간된 『인천부사』는 1885년경 서울 양화진에 세워진 일이 있다고 기록하고 있으며, 1900년 러시아 대장성이 발간한 『조선에 관한 기록』은 인천을 가리킨다.

그러나 공장 이름까지 분명히 언급되는 것은 1917년의 일이다. 그해에 인천부 금곡리(현 동구 금곡동 33번지 일대)에 조선인촌주식회사가 들어선 것이다. 이 공장에서는 연인원 500여 명이 노동했고 연간 7만 상자 가량을 생산했다고 한다. 국내 성냥 소비량의 20퍼센트를 점유했으며, 비교적 단순한 노동이었기에 10대의 소녀들이 생산직으로 일했다.

이를 시작으로 금곡동과 송림동 일대에서 500여 가구가 성냥갑을 만들어 공장에 납품하며 생활을 유지했다. 당시에는 서해의 물길이 내륙 깊숙이까지 들어왔기 때문에 물자 수송이나 인력 보충이 용이했던 데다, 비교적 혼잡한 서울보다는 인천 쪽이 공장 부지도 조금은 더 넉넉했던 까닭에 금곡동 일대가 성냥 공장 지대가 될 수 있었다. 소설가 현덕은 「남생이」에서 그와 관련된 풍경을 다음과 같이 그리고 있다.

그는 아랫집 춘삼네를 통해 성냥갑 붙이는 재료를 얻어 왔다. (중략) 하루 만 개 가까이만 붙였으면 공전이 일 원 오십 전, 그만하면 우선 급한 욕은 면하겠고 그리고 노마 어미에게 할 말도 하겠고, 하루 만 개! 그러나 궁하면 통하는 법이니 인력으로 아니 되란 법도 없으리라. 오냐, 만 개만 붙여라~.

20세기 후반에 전방 지역의 군인들이 유흥 삼아 노래를 부르면서 "인천의 성냥 공장 아가씨……" 같은 구전 가요를 부르기도 했지만, 금곡동 일대의 성냥 공장을 그 가사처럼 이해해서는 곤란하다. 당시에 10대 여공들은 힘겨운 노동 속에서도 자신과 가족을 위해 헌신했다.

인천이 성냥 공장의 기원이라지만, 해방 이후 우리나라 성냥 공장의 역사는 인천과 더불어 천안의 '아리랑', 논산의 '비사표', 부산의 '유엔', 경북 영주의 '돈표', 의성의 '성광' 등이 주축이었다. 그래도 인천은 인천, 1945년 이후 대한성냥을 시작으로 해 무려 300여 개의 작은 공장이 성업했다고 한다. 1970년대 중반까지 인천성냥을 비롯해 우록, 쌍원, 대한, 연합 등이 공장을 가동했으나 1980년대 이후 담뱃불을 붙이는 데 휴대용 가스라이터가 널리 쓰이게 되고 실내용 '불씨'로도 전기와 가스가 일반화하면서 성냥 생산은 사양산업이 되고 말았다.

이들의 100여 년 역사는 이제 파라다이스호텔 입구에 간신히 버티고 선 표지석으로만 남아 있다. 가난에서 벗어나는 일이 시급했고, 단지 배고픔에서 벗어날 뿐 아니라 인간적인 삶을 이루려는 사회운동도 중요한 시대적 과제였기에, 지난 20세기 후반의 인천은 그러한 과제들을 해결하기 위한 뜨거운 도전으로 점철되었다. 그러다 보니 근현대 산업화의 기록을 오롯이 보존하거나 복원하는 일을 조금은 소홀히 여길 수밖에 없었으며, 따라서 인천이라는 거대한 산업도시의 일상이 응축된 담배 공장, 성냥 공장과 그에 얽힌 삶의 이야기가 온전히 기록으로 남지 못하게 된 것이다.

옛 공장 자리엔 오늘 쓸쓸한 바람만 불고

비단 성냥 산업만 그런 것이 아니다. 비교적 규모가 있고 따라서 그 역사를 기록할 만한 여유가 있는 부문에서도 근대 산업문화유산, 곧 공장을 중심으로 한 당시의 삶의 이야기가 제대로 남아 있지 않다.

1950년 3월, 인천 만석부두에 착공한 한국 최초의 판유리 공장이 그 보기이다. 해방 이후의 혼란을 이겨 내고 산업의 기반을 서서히 다져

인천판초자 공장도 관련 기록을 거의 남기지 못한 채 한 시대를 마감해 버렸다.(사진 제공: 인천광역시청)

가던 그 무렵에 판유리는 상당히 중요한 원자재였다. 그 수요에 대처하기 위해 만석동 부둣가에 판유리 공장을 들일 계획이 세워졌다. 만석동은 충남 안면도 승언리 해변에서 구조가 조밀한 부드러운 모래를 실어 와서 바로 가공 작업을 하기에 좋은 입지를 갖추고 있었다. 하지만 전쟁으로 인해 계획 실행이 한동안 유예되다가 1952년 10월, 휴전을 앞둔 공백 속에서 공사가 재개되어 1957년 6월, 마침내 연간 생산량 12만 상자 규모의 인천판초자 공장이 준공되었다.

그러나 한창때 기계 소리가 요란했을 만석부두 판유리 공장에는 오늘, 쓸쓸한 바람만이 불고 있다. 만석부두에는 판유리 공장을 비롯해 목재·제강·합판 등의 공장이 들어섰는데, 그중 판유리 공장은 2000년에 군산으로 이전했다. 기록을 남기고, 유·무형의 자료를 집적하여 그것을 분류해 연구하고, 가능하다면 옛 산업유산을 복원하거나 재활용하는 단계에는 이르지 못한 것이다.

화약 공장은 사정이 조금 나은 편이다. 서양의 다이너마이트 역시 인천을 통해 들어오고 화약고나 생산 공장도 인천에 들어섰으니, 남동구 고잔동의 한화기념관은 그 역사와 애환을 잘 간수해 놓고 있다. 한화 인천공장이 지난 2006년 6월 충북 보은으로 이전하고 그 자리에 공원과 기념관이 조성되어 있다.

이러한 일은 중요하다. 물론, '한화'라는 굴지의 기업이기에 가능한 일일 수도 있다. 그러나 인천시와 해당 기업과 지역 주민의 뜻이 합쳐진다면 크고 작은 규모의 내실 있는 복원과 재활용이 아주 불가능한 것은 아니다. 현재 인천에는 중구 을왕리의 동양염전, 강화읍 신문리의 조양방직과 만석동의 한국유리 공장, 동구 창영동의 인천양조장 등 60여 곳 이상의 산업유산이 남아 있다. 2003년부터 미술가와 문화단체들이 활용하고 있는 창영동의 양조장처럼 좋은 선례도 있지만, 대부분은 세월 앞에 그저 쓸쓸히 버티고 있을 뿐이다. 강화양조장은 철거되고, 십정동의 천일제염 터는 표지석으로나 남아 있다.

이대로 세월만 흐른다면 인천의 수많은 산업유산은 파라다이스호텔 입구의 성냥 공장 표지석처럼 "그 밖의 자세한 이야기"가 마멸된 채 그저 연표상의 기록으로만 남게 될지 모른다. 그렇다면 어찌해야 하는가. 이 산업유산들을 어떻게 보존하고 재활용할 것인가.

사라져 가는
기억들

도시는 무엇으로 이루어지는가

나는 이제 인천시 중구 선화동 8-2에 서 있다. 신흥 사거리에서 신흥시장 방면으로 접어들면 시장통의 겨드랑이에서 비좁은 골목들이 하나씩 가지를 쳐 삶의 작은 터전들로 이어지는데, 그중 하나가 8-2에 가닿는다.

골목은, 뉴욕의 거리와 골목과 삶을 수호했다는 평가를 받는 도시학자 제인 제이콥스의 말을 빌리건대, '도시의 공공 공간'이다. 골목이 없는 도시란 얼마나 황량하며 비인간적인가. 대로를 질주하던 사람도 골목에 접어들면 걸음의 속도를 줄이고 천천히 걷게 된다. 그 걸음의 끝은 집이다. 일상의 피로를 달래 줄 삶의 안식처, 곧 집으로 향하는 길은 오래전부터 골목이었다. 대로에는 업무가 있지만 골목에는 일상이 있다. 대로에는 바쁘게 걸어야 할 이유와 책임이 따르지만, 골목의

속도는 그것을 잠시 내려놓게 한다.

골목 어귀는 오랫동안 바쁘고 힘들게 살아온 탓에 기력이 쇠잔해진 노인들 차지다. 노인들은 학교에서 돌아오는 아이들을 맞이하기도 하고, 슈퍼 앞의 플라스틱 의자에 앉아 느리게 흐르는 자기 앞의 시간을 하염없이 바라보기도 한다. 선화동 8-2로 이어지는 골목 풍경도 크게 다르지 않다. 낡은 주택과 채광마저 걱정되는 연립 빌라들이 줄지어 서 있다. 한 할머니가 땡볕에 말릴 빨간 고추들을 골목 한편에 늘어놓고 있다. 주변 집들의 창틀과 빨랫줄에 널린 이불이며 옷가지들 위로 따가운 햇살이 번진다. 마땅한 놀이터가 없는 아이들은 골목의 한 뼘 자투리땅에서 놀다가 카메라를 든 낯선 사람을 물끄러미 바라본다. 익숙한 풍경이다. 나 또한 오래전에 골목에서 컸고, 동네 유리창을 깨면서 공을 찼다.

이탈로 칼비노는 도시를 제대로 판단하려면 그 공간의 물리적 요소보다는 내면 풍경을 형성하는 삶의 요소들을 보아야 한다고 말한 적 있다. 그는 『보이지 않는 도시들』에 이렇게 썼다.

이 도시에 계단식으로 만들어진 길들의 계단 수가 얼마나 많은지, 주랑의 아치들이 어떤 모양인지, 지붕은 어떤 양철 판으로 덮여 있는지 폐하게 말씀드릴 수 있을 겁니다. 그러나 이런 것들을 말씀드리는 게 아무것도 말씀드리지 않는 것과 다를 게 없다는 것을 저는 이미 알고 있습니다. 도시는 이런 것들로 이루어지는 게 아니라, 도시 공간의 크기와 과거 사건들 사이의 관계로 이루어지는 것이기 때문입니다.

칼비노의 이 말은, 구도심권의 급격한 쇠퇴와 철거가 이루어지는 인천에서는 매우 중요한 화두가 된다. 도시의 쇠퇴로 인하여 삶의 공간이 재편되고, 그리하여 그곳에서 오랫동안 살아온 사람들이 황급히 이주해야 하거나 그 '삶의 문화'가 제대로 기록되지도, 보존되지도, 복원되지도 못하는 상황을 지금 인천은 곳곳에서 겪고 있다. 물리적 공간의 크기와 그 안에서 지속되었던 과거 사건들 사이의 '관계'에 의하여 하나의 도시가 이루어진다는 칼비노의 판단은 오늘의 인천에서는 큰 힘을 발휘하지 못하고 있다. 공장을 통하여 인천의 현대적 삶을 재조명하는 이 글이 '산업화의 활력'이나 '경제 발전의 초석' 같은 근육질의 언어 대신 철거되어 사라지고 해체되어 멸실되는 '공장의 기억'을 자주 거론하는 까닭도 거기에 있다. 선화동 8-2를 찾은 이유도 그렇다.

어제의 유산, 오늘의 삶

선화동 8-2에 이르면 밀집한 노후 주택과 연립 빌라가 갑자기 끝나고, 공터가 나온다. 얼마 전까지만 해도 공터가 아니었고, 그보다 더 오래전에는 인천의 산업을 대표하는 공장이 있던 곳이다. 그런데 2012년 여름에 철거되어 그 잔해들이 어수선하게 널려 있다. 직사각형의 공터에는 건물 폐자재와 뒤집힌 표토들이 뒤엉켜 있다. 누군가 쓰레기도 버리고 갔다. 공터라고 하지만, 아이들이 들어가서 놀 수 있는 공간은 못 된다. 정확히 말하면 주차장을 만들기 직전의 공사장이다.

한때 이 자리에 조일양조장이 있었다. 개항 이후 인천의 대표적인 생산품 중 하나가 술이다. 정미업과 제염업 그리고 양조업이 개항 이후 일제강점기의 주산업이었다. 1892년 9월 일본인 오카자키가 용강정(현 인현동)에 청주 양조장을 설립한 것이 양조업의 시작이다. 러일전쟁 이후 인천에 일본인들이 급증하면서 청주를 중심으로 한 술 소비량이 늘어나 1908년에는 양조장이 7개나 들어섰다.

청주는 일본인이 선호하는 술이었고, 당시에도 한국 사람들은 소주를 마셨다. 그래서 소주 양조장이 앞다투어 생겨났다. 최초의 공장형 시스템으로 소주를 대량 생산하기 시작한 곳은 1919년 10월에 설립된 조일양조장이다. '금강(金剛)'이란 상표로 저 멀리 만주나 사할린까지 진출할 정도로 발전했다. 이를 기점으로 1920년에 들어서면서 도요타주조장과 고삼주조장 등이 설립되었으며, 1920년대 초반에만 해도 한국인이 운영하는 양조장이 14개, 일본인 소유의 양조장도 7개나 되었다.

그중에서도 조일양조장은 술의 생산량 증대와 관련하여 맛과 질의 향상을 위한 실험의 수준이 다른 양조장을 압도했다. 1928년 전국소주양조업자연합회 회장사(社)를 맡았고, 우리나라 최초의 실업 축구팀인 '인천조양'까지 창단할 정도였다. 1947년 우리나라 최초의 국가 대표 선수들을 선발할 때 그 대부분이 이 팀 소속이었다. 해방 이후에도 인천의 양조 산업을 주도해 온 공장이다.

　일부 전문가들은 조일양조장이 중구 송월동의 현 송월아파트 자리에 세워졌다고 한다. 그러다가 대량생산과 가격 경쟁력을 위해 도원동으로 공장을 확대 이전했다는 것이다. 따라서 선화동 8-2 지역은 제2공장, 혹은 공장 운영에 필요한 부속 업무와 관련된 시설이라고 주장한다. 이러한 주장이 이 지역의 역사성을 부정하는 것은 아니다. 오히려 이러한 연구와 고증으로 역사의 복원은 더욱 치밀해지는 것이다. 양조장 건물의 내·외장재가 1930년대 관공서 건축물과 동일하고 지붕의 기와가 1920년대 것으로 추정되는데, 이러한 사실들은 더 꼼꼼

조일양조장은 이렇게 철거되고, 그 자리에는 공용 주차장이 들어섰다.
이곳 아이들은 이제 부모 세대와 다른 '골목의 기억'을 간직하게 되리라.

한 실증 파악을 통해 건물의 실체를 검토하고 그 가치를 규명해야 한다는 것을 말해 준다.

그러나, 공터가 되었다. 얼마 전에 철거된 것이다. 오랫동안 사용되지 않아 방치된 탓도 있고, 중구청에 따르면, 무엇보다 주민들의 민원도 철거의 중요한 판단 근거였다. 구도심의 인구 밀집으로 인하여 주차난이 한계치를 넘어섰고, 이에 인근 주민들이 폐가와 다를 바 없는 양조장 건물을 철거하고 공용 주차장으로 활용하기를 바랐다는 주장이다. 일리 있는 이야기다. 과거의 유산을 보존하는 일도 중요하지만, 현재의 삶이 그것 때문에 고통을 겪는 일도 무조건 외면할 수는 없는 문제다.

"내 유년의 뜰이 사라진다"

중요한 것은, 일단 철거해 버리면 다시는 재활용이나 복원이 여의치 않다는 점이다. 도심의 주차난을 해결하는 다양한 방법을 모두 검토해야 하고, 그 결론이 철거라고 해도 모두 부수는 방식은 피할 묘안을 찾아내야 한다. 중구청의 철거반이 아니라 우선 역사학자, 건축가, 도시공학자 등 각계의 전문가가 지혜를 모을 수 있는 시간을 가질 필요가 있는 것이다. 기억은 어떤 면에서 물리적이다. 눈에서 멀어지면 마음마저 멀어진다. 사랑하는 사람이 멀리 떠나가면 기억마저 희미해진다. 물리적인 요소를 없애 버리고 그 자리에 덩그러니 표지석 하나 세우는 것은, 그곳의 기억을 말끔히 지웠다는 표시를 남기는 것일 따름이다.

이 동네에서 성장한, 아이디 'ananmam'을 쓰는 어느 네티즌은 조일양조장의 철거 소식을 접하고 자신의 블로그에 다음과 같은 글을 올렸다.

가슴 한편이 너무도 쓸쓸해 온다. 내 유년의 뜰이 사라진다는 생각에, 한동안 잊혀졌고, 아니 그동안 생각조차 하지 않고 살아왔건만, 오랜만에 '조일양조장'이란 단어를 접하며 시침을 되돌려 보니 몽글몽글 떠오르는 내 유년의 예쁜 추억이 참 많았던 내 유년의 뜰이었다. 모친과 이모에게 들으니 내 어머니의 아버지께서 선화동 인근에 사신 관계로 조일양조장 건축을 하는 데 노동을 하여야만 하셨다 한다. 그 높은 굴뚝을 어찌 지었나 싶을 만큼 고생을 하셨다 하는데, 식민지의 힘없는 백성의 뼈아픈 노동 착취다.

이제 그 자리는 공터가 되었다. 양조장 공장 건물의 완전 철거로 이 동네는 주차난은 조금 덜게 될 것이다. 지하 주차장을 만들고 그 위에 작은 공원을 만들면 주민들에게는 쉼터가 생기고 아이들에게는 안전한 놀이터가 생길 터이다.

그 점을 부인할 수 없다. 그러나 그 한구석에 표지석 하나 세우는 것으로 근현대사의 공장과 산업과 삶의 기억이 망실되는 것을 막지는 못한다. 산업유산의 복원·재활용과 주거 여건 향상은 보완적인 것이지 상충하는 문제가 아니다. 풀 수 있는 방법이 있고 그 선례도 있다. 이

공터에서 그리 멀지 않은, 창영동의 인천양조장 건물을 찾아가 보
자. 🗒

술 빚는
항구도시

질 좋은 쌀이 모이는 곳

술이나 간장을 생산하는 양조 산업은 항구도시를 거점으로 발전한다. 프랑스의 고급 와인 생산지를 대표하는 보르도가 포도 농사에 가장 좋은 기후와 토양을 갖추었을 뿐 아니라 지형이 완만해 '달의 항구'라 불리는 항구를 거점으로 한다는 사실은 특기할 만하다. 칠레의 와인 산업 또한 항구도시 산티아고를 거점으로 발전했다. 명예혁명 이후 영국 왕 윌리엄 3세가 엄격한 조세법을 시행하여 프랑스 와인에 높은 세금을 부과하자 영국 와인 수입상이 눈을 돌린 곳이 포르투갈 제2의 도시 포르투. 스페인에서 발원한 도루 강이 와인 생산에 적합한 북서 연안 지대를 적시며 마침내 다다른 항구도시다. 미국 맥주 산업의 중심지인 위스콘신 주 동부의 밀워키도 항구도시다. 금속·자동차·건설기계 등의 산업도 유명하지만, 이 지역을 대표하는 프로야구팀 이름이 밀워키 브루어스(양조업자들)라는 점에서 알게 되듯이 양조 산업의 최적지이기도 하다.

　큰 강이 흘러 바다로 이어진다는 것은 너른 평야 지대의 곡창을 옆에 낀다는 것이며, 그곳에서 수확된 미곡이 항구로 빠르게 운송되어 신속한 가공을 거침으로써 양질의 재료가 된다는 것을 뜻한다.

　우리의 경우 마산이 1899년 개항된 이후 술과 간장을 만드는 양조 산업의 중심지로 떠오른 바 있으며, 군산도 1906년 이후 일본인들의 경제적 지배가 강화되면서 양조 산업이 발달했다. 다른 지역과 달리, 군산에 들어온 일본인은 대체로 생계형 이주민들이었다. 그들은 행상이나 소매점을 통해 일제 잡화나 주류를 유통시켰는데, 그 과정에서 자연스럽게 양조 산업에도 손을 뻗치게 되었다. 1920년대 산미증식계획으로 미곡 수탈량이 증대하는데, 조정래의 소설 『아리랑』이 말해 주듯이, 특히 군산 지역이 그 중심지였다. 일본인은 술의 원료가 되는 쌀의 질이 좋고 값은 상대적으로 싼 군산에서 양조 공장과 주류 판매점을 독점적으로 확대해 갔다.

　인천의 양조 산업 역시 그와 같은 흐름 속에서 발전하였다. 항구도시 인천이 한강 하류 일대의 미곡 집산지가 되고 그에 따라 정미업도 발전하게 되어 술의 재료가 되는 양질의 미곡을 얻을 수 있게 되자, 양조업이 크게 발전한 것이다. 항만을 중심으로 하여 각지에서 노동인구가 크게 유입되어 술의 수요가 급증한 것도 한 원인이 되었다. 1920년대 초반, 인천에는 한국인 소유의 양조장 14개, 일본인 소유 7개 등 양조장이 21개나 되었다.

배다리에 옛 물길은 끊기고

　　　나는 지금 인천시 동구 금곡동과 창영동 사이에 서 있다. 일제강점기에 설립되어 무려 70여 년이나 인천 양조업을 대표하다가 10여 년 전 문을 닫은, 그러나 그 이후 인천 지역 문화운동의 중심이 된 인천양조장을 찾아 나선 길이다.

　중구와 동구를 완강하게 양분해 버리는 국철 1호선의 거친 숨소리가 방음벽을 뚫고 희미하게나마 들려온다. 도원역에서 동인천역 쪽으로 나란히 잇대어 달리는 참외전로를 따라가다가 배다리사거리에서 우회전하여 국철의 고가 밑으로 빠져나와 배다리삼거리 조금 못 미쳐서 오른쪽으로 난 좁은 도로를 따라 들어가면, 도시는 갑자기 고요해진다.

　벌써 몇 차례 찾아왔던 거리이건만, 드문드문 버티고 서서 이 지역의 삶과 역사를 조용히 웅변하던 헌책방들이 일시에 정기 휴일을 맞은 날이라서 그런지, 오가는 차량마저도 숨을 죽이며 지나가는 듯싶다. 대창서림과 국제서림을 비롯하여 아벨서점이며 삼성서림 등이 다 문을 닫고 있지만, 그 사이에 들어선 문구 도매점들에서는 땡볕을 무릅쓰고 각지로 보낼 상품들을 정리하여 봉고차에 연신 싣고 있는 사람들의 모습에, 늦더위의 오후가 그나마 활력을 잠깐씩 띤다. 삼거리에서, 그러니까 동인천우체국 쪽으로 뻗은 길과 100여 년의 역사를 버텨 온 창영초등학교 쪽으로 난 길 사이에서 나는 한참이나 이 길의 운명과 그 수명을 생각한다.

　배다리. 이 일대를 일컫는 오랜 땅이름이다. 한자로 '주교(舟橋)'라고

정기 휴일인 오늘, 배다리 오래된 책집에 나비는 날아들지 않았다.

부르는, 일시적으로 배를 엮어 하천을 건너던 동네를 배다리마을이라고 하는데, 그 말인즉 지금은 물 냄새도 느낄 수 없는 도심 한복판이 된 이곳도 과거에는 물길이었다는 이야기다.

우리나라 곳곳에 배다리마을이 있다. 조선 후기인 1789년 정조가 화성으로 행차했을 때 한강 노량진에 배다리를 설치한 일이 그 운영 세칙과 설치 규모와 당일의 운행 과정까지 역사적인 기록으로 남아 있거니와, 일상적으로도 배다리는 옛사람들의 교통 방식이었다. 복개되기 전 용산구 청파동의 만초천에 배다리가 있었고, 강서구 화곡동에도 같은 이름을 유래로 하는 마을이 있으며, 종로구와 청계천 사이에도 배다리가 있었다. 박태원의 『천변풍경』에는 이 청계천 변의 배다리에 사는 사람 이야기가 나온다. 고양시 덕양구에도 주교동, 곧 배다리마을이라는 동네가 있으며, 시인 황지우도 1952년 전남 해남군 북일면 배다리마을에서 태어났다. 이들 모두가 하천이나 바닷물이 마을 깊숙이 흘러들던 곳이다.

인천 동구의 배다리마을도 마찬가지다. 만조가 되어 서해가 불어나면 지금의 송현초등학교 일대까지 바닷물이 들어오게 되어 일시적으로 배를 잇대어 다리를 만들어 다녀야 했다. 지도를 보면, 지금도 바닷물이 인천제철과 두산인프라코어 공장 사이를 물길로 삼아 동국제강 공장까지 밀려들어오고, 그 앞에서 오른쪽으로 꺾여 송현동으로 이어지는 것을 알 수 있다. 그 지점에서 물길은 사라지고 그 위에 도로와 건물이 들어서면서 다만 '수문통로(水門通路)'라는 도로명만 남아 있을 뿐이다.

오늘의 이러한 지형지세는 고도의 산업화 과정에서 인위적으로 재구성된 결과물이므로, 그 이전의 이 일대 지리 조건은 현재의 지도에서 보는 것과 많은 차이가 있다. 바닷물은 지금의 동국제강 즈음에서 딱 멈추지 않고 크고 작은 하천을 따라 송현동이나 금곡동이나 창영동까지 밀려들어왔고, 그래서 이 일대가 배다리마을로 불리게 된 것이다.

인천양조장을 찾아서

오늘날에는 도로나 지하철을 따라 사람이 모여들어 살지만, 예전에는 물길을 따라 사람이 모여들었다. 전통 사회의 경우, 물길이 잠시 숨을 고르는 나루터나 이윽고 다다른 어촌에는 낮밤이 따로 없는 은성한 고을이 형성되기 마련이었고, 산업화 시대에는 바로 그 나루터나 어촌이 규모 있는 항구도시나 강과 바다를 낀 공업 도시로 급변하는 것이다.

이곳, 배다리마을을 기점으로 사방 3킬로미터 안팎에 한국의 산업사를 대표하는 대규모의 철강·제분·석탄·목재·시멘트 공장들과 항만

옛 양조장 건물을 지키고 선 로봇

따위가 즐비하다. 이는 이 일대가 그러한 대단위 공장의 배후지 노릇을 일정하게 해 왔음을 뜻한다. 배다리 인근의 중앙시장을 거점으로 하여 그릇, 한복, 목기 등이 사철이 따로 없는 큰 시장을 형성하였고, 배다리마을에서 도원역 쪽으로 이어지는 우각로 일대에서는 성냥 공장과 양조 공장이 오랜 세월을 버텨 왔다. 사정이 그러하다 보니 이 일대의 큰 시장이나 공장에 일을 보러 나오는 사람들을 위한 여인숙도 즐비하였거니와, 지금도 배다리마을에는 옛 간판을 단 여인숙들이 스스로 고단한 채로 어디에선가 찾아올 고단한 사람들을 기다리고 있다.

　인천양조장은 이 지역의 소규모 공장의 역사를 웅변하는 귀중한 산업유산이다. 쇠락해 가던 양조장 공장 건물이 지금은 이 지역의 문화적 활력을 지탱하는 공간으로 탈바꿈하였다는 점에서, 그 의의는 더욱 값지다. 이 오래된 공장 건물이 인천의 지역 문화를 떠받치는 스페이스빔으로 바뀌어 의연한 현역으로 활용되고 있다는 소식을 들어서 알고 있는 사람이라면 그곳이 어디인지 금세 찾을 수 있다. 배다리 헌책방거리에서 영화초등학교 방면으로 시선을 잠깐만 돌리면 은색 깡통 로봇이 입구에 서 있는 건물이 보이는데, 그곳이 바로 창영동 인천양조장 건물이다.

양조장,
20세기 역사를
간직한 곳

20세기의 공장에서 21세기의 인천을 꿈꾸다

인천시 동구 창영동 7번지 인천양조장 공장 앞에는, 아니, 더 정확히 말하자면 70여 년 동안 동인천 일대의 중소 공장 지대를 대표해 오다가 1990년대 말에 폐쇄되어 지금은 지역 문화운동의 거점이자 실천적인 미술 활동의 생산 '공장'으로 쓰이고 있는 스페이스빔 앞에는 고개를 숙인 채 생각에 잠긴 듯한 은색 깡통 로봇이 서 있다. 그 로봇을 보러 건물 앞으로 다가서면 '인천양조주식회사'라는 오래된 간판을 볼 수 있다. 국사편찬위원회의 1942년 9월 『해방 전 회사 자료』에는 이 양조장의 설립 연도가 1941년이라고 기록되어 있다. 물론, 이 기록 이전부터 양조장은 가동되어 왔다.

인천양조주식회사의 설립자는 최병두라는 사람인데, 《동아일보》 1938년 9월 27일 자 기사에서 이미 이 인물을 "인천 양조계의 일인자"라고 표현하고 있다. 이 기사에 따르면, "온후독실하고 과변다실"한 최병두는 24세 때 고향인 황해도 평산을 떠나 인천으로 와서 6~7년 동안 정미업을 하다가 1926년에 인천양조장을 설립하였다. 그는, 역시 기사에 따르면, "강직한 실천력과 기민한 관찰력"으로 상권을 장악하고 불과 수년 만에 "제일인자적 존재"가 되었다. 그 후 최병두는 지역 상공업계의 단체장을 맡거나 인천상의원의 공직 생활에도 "헌신하는 실업가"가 되었다고 한다.

바로 그 공장 안으로 걸음을 옮겨 본다. 건물 밖이 새로 치장한 흔적 없이 오래 묵은 옷을 그대로 입고 있는 것처럼, 그 내부 또한 21세기의 그것이 아니라 완연한 20세기의 색깔과 냄새로 버티고 있다. 흔히 공간의 '리모델링'이라면 외형은 간수하되 내부는 오늘의 패턴에 맞춰 적절히 변용하기 마련이고 그러한 변화가 낡은 레코드판 위의 새 바늘처럼 앞뒤가 안 맞고 겉과 속이 확연히 달라서 생경한 느낌을 주는 경우가 더러 있는데, 이 양조 공장은 그 안팎이 온전하다.

그러니까 21세기의 스페이스빔은 지역 문화 활동을 위한 기획과 콘텐츠를 20세기의 공장 안에서 '생산'하고 있는 중이다. 1층에 들어서 정면을 보면 빛바랜 자주색 벽돌들이 낡은 콘크리트로 단단히 엉긴 채 세월을 버티고 있다. 고개를 들어 2층 쪽을 올려다보면 '품' '질' '향' '상' 네 글자가 옛 모습 그대로 남아서 이곳이 인천의 소규모 공장을 대표하는 곳임을 알려 준다. 2층으로 오르는 계단이나 건물 뒤편의 휴게 공간으로 나가는 문이나 1층의 구석으로 배치되어 있는 술 생산에 필요한 공간들은 그 형식을 그대로 간직한 채 오늘의 인천이라는 내용

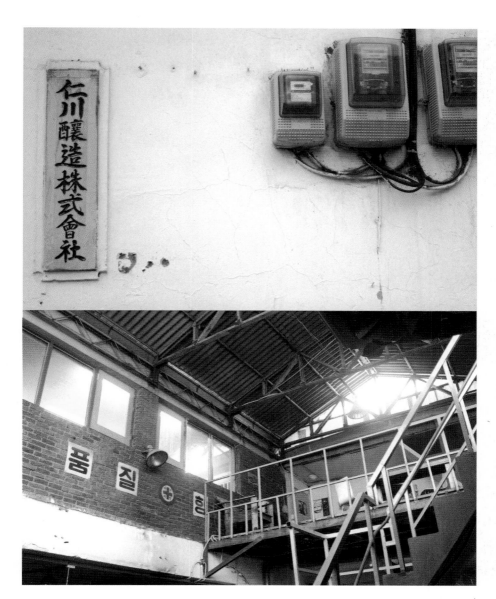

때로는 새 술을 헌 부대에 담기도 하는 법. 안팎이 온전히 옛 건물인 이곳에서 새로운 지역 문화가 탄생하고 있다.

을 담아내고 있다.

세계화라는 골리앗에 맞선 다윗의 돌팔매

지난 1998년부터 이 배다리에서는 도로 공사 문제로 숱한 논의가 있어 왔다. 중구와 동구를 연결하는 길이 2.51킬로미터, 너비 50~70미터의 도로 개설 사업이 진행되어 2004년 7월에 이미 송림로와 송현터널을 잇는 2구간이 완료되었고, 인근 삼익아파트에서 유동삼거리로 이어지는 구간도 완공되었다. 그 이후 송림동, 금곡동, 창영동 일대는 시에서 행정력을 앞세워 밀어붙이는 도심 관통로 공사를 비롯한 도심 재개발 사업과, 그에 대하여 지역 주민과 시민사회가 제기하는 대안이 오랫동안 맞부딪치는 장이 되어 왔다.

스페이스빔(대표 민운기)은 그 과정에서 이 양조장에 자리 잡게 되었다. 스페이스빔의 시작은 1995년 4월이다. 세계화, 국제화, 글로벌화 같은 거대한 말들 속에서 지역이 무너지고 작은 삶이 뭉개지고 소박한 일상이 붕괴되는 일이 그야말로 '세계적 차원'에서 진행되던 지난 세기의 말에, 인천의 작가들이 '지역미술연구모임'을 만들어 글로벌이니 국제화니 미래 지향의 인천이니 하는 굵직한 표어들보다는 작은 삶의 가치를 재조명하고 온존시키기 위한 예술적 실천을 모색한 것이 그 시작이다. 새로운 세기로 접어들면서는 사회 여러 분야로 범위를 넓혀 인천의 지역 문화를 전체적으로 고민하는 작업을 시작했고, 작업의 안정성을 위하여 2002년 1월 구월동에 스페이스빔을 열었으며, 마침내

2007년 9월 배다리의 양조장으로 옮겨 왔다.

구월동에서 양조장으로 옮기게 된 것은 월세나 작업 환경 같은 일반적인 이유에서가 아니다. 그해에 〈도시유목―Discovery〉, 그러니까 인천이라는 도시의 내면을 샅샅이 훑고 기록하는 작업을 진행하던 중에 송도와 청라를 잇는 대규모 산업도로가 배다리를 자칫 궤멸시킬 수도 있는 상황을 접하고는 양조장을 임대하게 된 것이다.

이러한 움직임은 어찌 보면 '세계화' 시대에 세계화된 양상이다. 예컨대 '세계화' 같은 거창한 구호가 상상하는 인천은 직진하는 도로와 고층 건물들에 의해 바둑판처럼 재구성된 거대도시다. 반면에, '지역화'를 모색하는 이러한 운동은 골목이 살아 있는 작은 삶들의 공존을 지향한다. '국제화'가 오래된 거리와 골목과 공장을 일방적으로 뭉개버리고 직선의 대로와 아파트 군락으로 도시를 재편하려 한다면, '지역화'는 그 불도저 앞에서 책을 읽고 대화하면서 저마다의 골목을 간수하는 일이다.

이러한 양상을 개발도상국의 여러 나라 여러 도시에서 볼 수 있고 국내 도시에서도 그러하다. 서울의 수유시장이나 통인시장에서 미술가들이 일상적으로 실천하는 작업들, 전라북도 전주의 남부시장에서 10년 가까이 전개되고 있는 공공 프로젝트, 제련소로 유명한 충청남도 장항의 예술축제와 강원도 사북 일대 폐광지의 미술운동 등은 '세계화'라는 거침없는 골리앗에 맞선 다윗의 돌팔매이다.

배다리의 작은 삶과 책 문화를 지켜 온 사람들과 합류한 스페이스빔이 다른 공간도 아니고 폐쇄된 공장에 둥지를 튼 것은 이러한 의미의

스페이스빔이 벌이는 다양한 활동은 '세계화' 골리앗에 맞선 '지역화' 다윗의 돌팔매다.

실천이다. 20세기 중엽, 직진하는 도로와 수직의 마천루로 뉴욕을 완전히 개조하고자 했던 로버트 모제스에 맞서 거리와 골목을 지켜 낸 제인 제이콥스의 실천에 버금갈 만한 일이다. 그 후, 배다리의 헌책방 사람들과 스페이스빔은 양조장을 거점으로 다양한 작업을 해 왔다. 도시 안에서 마을 공동체의 복원을 꾀하는 캠핑도 했고, 해외 작가들과 뜻을 함께 나누는 국제 레지던시 프로그램도 전개했으며, 도시 재생을 위한 다양한 포럼과 공부도 일상적으로 진행하고 있다. 양조장의 1층에서 2층으로 올라가는 계단 벽에 붙은 포스터들이 그동안 이 일대에서 전개된 다양한 포럼이나 활동을 알려 준다.

그나마 다행인 것은, 토건 개발 일변도로 인천을 마치 급조한 테마파크처럼 만들고자 했던 안상수 전 인천시장 시절의 흐름이 조금씩 조정되면서도 마을 만들기 혹은 공동체 복원이나 도시 재생이라는 언어가 공공과 민간 전체에 걸쳐 의미 있게 확산되고 있다는 점이다. 궁극적으로 그것은 법과 제도라는 탄탄한 지반 위에서 실천되어야 한다.

되살아나는 진보의 기억

양조장을 나와 배다리의 헌책방으로 걸음을 옮겨 본다. 이 마을이 무지막지한 불도저로부터 아직은 지켜지고 있고 나아가 마을 공동체를 위한 의미 있는 상상을 포기하지 않게 된 것은 아벨서점(대표 곽현숙)을 비롯한 여러 서점들의 질경이 같은 노력 덕분이다. 헌책방은 그냥 서점이 아니라 그 자체로 하나의 문화적 장소다.

앞에서 인천의 공장과 산업사를 통한 지역 문화의 복원과 관련하여 인천양조장의 설립자 최병두를 언급했거니와, 그런 공장들이 이 지역에서 어떤 의미를 지녔는지를 보려면 산업계 이외의 인사도 조명해야 한다. 양조장과 성냥 공장을 비롯하여 수많은 가내수공업이 산재했던 이 마을 일대는 죽산 조봉암의 정치적 근거지이기도 했다. 강화도가

배다리는 진보 정치의 배후지이기도 하였다.
사진은 1954년 진보당 창당대회 모습(사진 제공: 인천광역시청)

고향인 조봉암은 인천 을구에서 1, 2대 국회의원에 당선되었고 초대
농림부 장관을 지냈다. 바로 그 선거본부 사무실이 배다리 헌책방거
리와 한가지로 뻗어 있는 창영동 양조장 바로 옆이었다. 양조장을 비
롯한 수많은 공장이 있고 동인천과 큰 시장과 항만이 있어 진보적인
정치운동의 기본 조건이 형성된 이 지역에서 조봉암은 진보적인 의회
정치와 민주적 평화통일의 기치를 내걸고 대통령 후보로까지 나섰다
가 1958년 이른바 '진보당 사건'으로 사형당했다. 지난 2011년, 대법
원은 조봉암이 "국가 변란 목적의 단체 결성과 간첩 활동"이라는 엄
청난 죄목으로 사형을 당한 이 사건에 대하여 전원 일치 의견으로 무
죄를 선고하고, 국가에서 유족에게 29억 원을 배상하라는 판결까지
내렸다.

그동안 인천 지역에서는 죽산 조봉암의 생애와 정치사상을 재조명하려는 노력이 끊이지 않았거니와, 특히 그의 정치적 근거지였던 이 배다리 일대에서도 그 뜻을 깊이 새기려는 활동이 두드러지고 있다. 오랫동안 배다리 헌책방거리를 지켜온 아벨서점의 대표 곽현숙 씨는, 대법원 확정 판결 이후, 조봉암이 1954년 3월 스위스 제네바 회담을 앞두고 펴낸 『우리의 당면 과업』이란 책을 공개하고 토론 모임을 열기도 했다. 🖉

공장과
시민 문화

'근대성'에 대하여

인천 공장들의 역사를 되밟아 온 나는 잠시 숨을 고르며 도원동 인천축구전용경기장을 내려다보고 있다. 물론 이곳은 공장이 아니다. 그러나 이 또한 인천의 역사다. 이 경기장의 연원을 잠깐 훑어봄으로써 인천의 '근대성'에 대해 한두 가지 생각을 갈무리한 후, 그 근대성의 가장 격렬한 형태였던 인천 지역의 노동운동을 일제강점기와 해방 이후로 나누어 살펴보려 한다. 국철 1호선 도원역에서 1분 거리에 있는 인천축구전용경기장은 2008년 6월 13일 철거된 숭의종합경기장 부지에 새로 공사를 하여 2011년 하반기에 완공하고 2012년부터 K리그 인천유나이티드의 홈구장으로 쓰고 있는 곳이다.

잠시 그 연원을 살펴보면, 이 경기장의 옛 이름은 인천공설운동장. 인천의 20세기 스포츠 문화를 이끌어 온 공설운동장은 원래 지금의

1932년의 웃터골운동장(사진 제공: 인천광역시청)과 오늘의 인천축구전용경기장

제물포고등학교 자리에 있었다. 이 자리는 일제강점기부터 웃터골운동장이라는 이름으로 이 항구도시의 근대성을 함축했던 곳. 시내 어디에서나 쉽게 올려다볼 수 있는 응봉산 분지를 사람들은 '웃터골'이라 불렀고, 그 지형을 자연스럽게 활용한 운동장에서 근대 초기의 인천 스포츠 문화가 태동했다. 1920년 11월 1일 일제가 조성했고, 1926년에 시설을 보강 확장하면서 인천공설운동장이 되었으며, 1934년에 지금의 축구전용경기장 부지로 옮겨 갔다. 그러니까, 응봉산의 웃터골과 도원동의 전용경기장 일대는 개항 이후 근대 도시 문화를 시작한 인천의 역사를 품고 있다.

근대적인 도시 문화 곧 '근대성'이란 기본적으로 도시, 공장, 노동자라는 세 요소를 바탕으로 한다. 서구의 경우, 18세기를 시작으로 19세기에 이르면 이 세 요소가 응축되어 자본주의의 급속한 발달을 이루게 된다. 19세기의 약소국이라면 스스로 이러한 근대성을 이루어 가던 과정에서 제국에 의해 반강제로 기존의 삶이 재편되는 격동기를 거치게 된다. 그 격동은 상부 정치의 극심한 혼란(우리의 경우 갑신정변, 을미사변, 아관파천 등)과 민중의 삶의 심각한 교착(우리의 경우 갑오농민전쟁 등)으로 나타난다. 이 필연적인 혼란을 겪으면서 약소국은 제국의 강제 조정과 자기 나름의 갱신이 겹쳐진 근대성을 이루게 되는데, 축구전용경기장의 연원은 바로 그러한 자기 조정의 몸부림을 생생하게 보여 준다. 오늘, 이 근사한 외관의 경기장은 20세기의 근대성 위에 형성된 21세기 초국성의 상징이다.

일제강점기 스포츠 문화를 바라보는 두 가지 관점

1882년 제물포항에 입항한 영국 군함 플라잉피시 호의 선원들에 의하여 전파된 축구, 미국 상선과 YMCA에 의해 전파된 야구, 그리고 일본인을 통해 들어온 그 밖의 수많은 운동 경기가 일제하 인천의 문화적 근대성을 형성했다.

이 스포츠 문화가 한반도 내륙 지방의 도시가 아니라 인천이라는 항구도시에서 크게 발전했다는 사실은 시사하는 바가 크다. 축구나 야구 같은 스포츠는 서구에서도 항구도시를 중심으로 발전하는 전형적인 '근대적 시민 문화'이다. 그러니까, 일제 치하 인천 지역의 스포츠 문화를 상징했던 기차 통학생들 중심의 한용단(漢勇團) 야구단이나 도원동 조일양조장을 중심으로 하는 축구단을, '애국 계몽'이라는 관점뿐 아니라 봉건적 구체제 사회에서 일찌감치 벗어나기 시작한 인천이라는 근대도시의 내면적 변화라는 관점에서도 해석할 필요가 있다는 것이다.

일제강점기에 인천의 '젊은이'들이 독립을 향한 '애국심'으로 공도 차고 일본 팀에 맞서 승리도 했다는 식의 기록과 해석도 물론 중요하다. 하지만, 그와 더불어, 그것이 당시에 동아시아 물류 교역의 중심지 노릇을 하던 항구도시 인천의 근대적 도시 문화 안에서 형성된, 노동자들의 일상 문화라는 점에도 주목할 필요가 있다.

일제강점기의 모든 행위를 '애국 독립'이라는 관점으로 해석하는 데 머무르지 않고, 새롭게 형성된 거대도시에서 살아가던 시민과 노동자의 근대적 자기표현이라는 관점에서도 볼 수 있어야 이 도시의 공장 문화, 곧 노동자들의 일상과 분노와 저항을 내면적으로 이해할 수 있게 된다. 일자리를 찾아 도시로 몰려든 사람들이 일상에서 근대적인 신문화를 접하는 한편, 공장 안에서 열악한 노동 환경이나 부당한 처우에 저항하기도 했던 역사를 되새겨 볼 필요가 있는 것이다.

근대도시 인천의 풍경—노동운동과 시민 문화의 형성

그렇다면 이제 인천의 근대성이 압축되어 있는 노동운동의 역사를 살펴보자. 1883년 개항 이후 인천항은 순식간에 동아시아에서 상당히 중요한 교역과 생산의 중심지로 변모하기 시작했다. 외국의 수많은 수출입 화물이 항구를 통해 드나들었고 일본인이 중심이 된 근대적 상선, 항만, 생산 등이 인천을 숨 가쁘게 변화시켰다.

우선, 항만 노동자들이 하역 작업을 위해 모여들었는데, 1910년을 기점으로 인천을 비롯하여 부산, 원산 등 개항장을 중심으로 도시 임금 노동자 수가 1만 명을 돌파하게 되었다. 일제에 의한 철도 부설, 광산 채굴, 산림 벌목 등은 식민지 조선의 곳곳에 거대한 노동자층의 형성을 낳았다.

1911년 무렵 전국의 공장 수는 252개 정도였으나 1920년 2,087개, 1928년에는 5,342개, 1940년에는 7,142개 등으로 급증하였고 노동자층 역시(조선인과 일본인을 포함한 직공, 사무직 전체) 1911년의 1만

4,600여 명에서 1930년에 이미 10만 명을 넘어섰고, 1940년에는 30만 명에 이르게 된다.

특히 인천항은 개항 초기에는 자연 지형을 이용하다가 청일전쟁 이후 급격히 늘어난 무역량 및 물자 수요를 감당하기 위해 1906년 이후 항만을 새로 조성하면서 건설 노동자와 항만 노동자가 급증하게 되었다. 노동을 제공한 대가로 임금을 받는 시스템이 형성되면서 노무 제공과 관련된 일들도 파생했다. 교통, 숙박과 관련된 시설들과 식당 등이 동인천 일대에 자리 잡고, 미곡 수출입에 따른 정미소 공장 외에 성냥 공장, 양조장, 제염 관련 공장 들도 들어서면서 인천은 전형적인 작은 포구 마을에서 거대한 기계 설비와 굴뚝과 운반 시설을 갖춘 공장 도시로 금세 변모하게 된다.

인천항 조성 공사는 공업 도시 인천 탄생의 중요한 계기가 되었다.(사진 제공: 인천광역시청)

사정이 이렇게 급변하면서 자기 권리를 지키려는 노동자들의 요구나 쟁의도 자연스럽게 촉발되는데, 그 조직적인 움직임은 1920년대 이후의 일이다. 핵심 사안은 임금 인상과 열악한 노동 조건의 개선이었고, 그것은 반드시 단체 활동으로 이어졌다.

항만 노동자가 중심이 된 노동운동이 방직, 정미, 토목, 제본, 제염 등 여러 산업 부문으로 파급되고 서로 결합되어 마침내 1920년 6월 29일 조선노동공제회 인천지회가 창립되었다. 이어서 1921년 9월에는 우각리에서 노동야학이 시작되었는데, 이곳은 1897년 3월 22일 역사적인 경인선 기공식이 열렸던 철도 노동의 중심지였다. 아울러, 1923년 4월에는 인천소성노동회가 결성되었다. 소성노동회는 1924년에 조직을 인천노동동맹으로 확대 개편하고 조선노동연맹회에 가맹하여 전국적인 노동운동에 동참한다.

1929년 초, 4개월에 걸친 원산 노동자 총파업이 벌어졌을 때 인천의 이러한 노동단체는 적극적으로 연대했다. 지리적으로 멀리 떨어진 인천과 원산의 노동운동이 지속적으로 연대 활동을 펼쳤던 것은 개항장이라는 공통 조건에 의해 서로의 열악한 환경에 대하여 깊은 공감대가 형성되었기 때문이었다.

이러한 노동조직의 결성은 눈에 두드러지는 쟁의나 파업뿐 아니라 일상 속에서 도시 노동자의 시민 문화 형성으로도 이어졌다. 각지에서 몰려든 다양한 계층이 등반, 독서, 야학, 극장 구경, 나들이 등을 통해 수평적인 도시형 인간관계를 형성함으로써, 20세기 인천의 도시 문화를 만들어 나갈 주체로 자라났다.

그들은 근대도시 인천에 형성된 문화 소비자층이자, 크고 작은 공장이 밀집한 이 항구도시의 문화 풍경을 이끌어 간 거대한 생산자 집단이었다. 일자리를 찾아 모여든 수만 명의 인천 노동자들의 정서와 취향과 이념이 인천이라는 근대도시의 풍경을 변화시켜 갔다.

인천, 공장
그리고
문학

인천의 두 얼굴

　　　　　　남동공단의 한복판, 벗말사거리 버스 정류장. 인천
의 산업을 이끌어 가는 인천상공회의소와 인천지방중소기업청에 잠시
들러 몇 가지 자료를 받고 자문을 구하고 나온 길이다. 그런데, 방금
받은 근사한 인쇄물 속의 인천과 버스 정류장의 인천이 왠지 달라 보
인다. 인쇄물 속의 인천이 옅은 화장을 한 얼굴이라면, 버스 정류장의
인천은 '민낯'이다.

　때는 2012년 여름, 태풍 볼라벤이 서해안을 휩쓸고 간 직후다. 가로
수의 나뭇가지가 더러 꺾여 있기도 하고 작은 공장들이 걸어 놓은 현
수막들도 찢겨 있는 터라, 이곳 공단 지대의 풍경이 예사롭지는 않다.
제2 경인고속도로로 뻗은 대로의 한쪽에 2014아시안게임을 묘사한 입
간판이 보인다. 인천의 장밋빛 미래를 그럴싸하게 묘사해 놓은 저 조

감도는 지금 이 순간의 인천과 얼마나 닮았는가? 생각이 꼬리를 문다.

저와 같은 장밋빛 조감도를 어디서 또 보았던가. 폐허에 가까운 가정동 일대에서도 보았고, 너무 일찍 다가온 '미래 도시' 송도에서도 많이 보았다. 그러나 내게는, 조금은 엉성한 서체로 갖가지 정보를 어수선하게 써 놓은 버스 정류장 옆 안내판이 우선 긴급하게 다가온다. 이곳이 인천의 현주소다. 이렇게 쓴다면 사실의 극히 일면만을 표현한 것이겠지만, 이러한 낡은 신호들이 인천의 또 다른 측면인 것만은 틀림없다. 나는 버스 정류장에 물끄러미 서서, 이 거대한 공장 도시를 묘사했던 1백여 년의 기록들을 되새겨 본다.

이 또한 인천의 얼굴이다.

조그만 어촌에서 '노동하는 도시'로

염상섭은 1937년에 발표한 「구름을 잡으려고」에서 개항기의 인천을 이렇게 묘사했다.

제물포는 한 개 조그만 어촌에 불과했다. 주민들은 고기도 잡고 농사도 지었다. 그리고 이따금 청국(淸國)으로부터 정크(舟)가 비단을 싣고 들어와 닿으면 온 동리가 떠들어나가 짐을 풀었다. 그리하면 청국사람 뱃주인은 주연(酒宴)을 배설하고 촌민을 대접했다. 온 동리가 마치 경절이나 되듯이 떠들고 즐거웠다. 풀어놓은 짐은 수많은 말과 나귀에게 실려 서울로 올라갔다.

그리고, 발전은 순식간이었다. 상전벽해가 곧장 전개되었다. 1894년에 처음 조선을 방문한 뒤 3년 동안 조선과 중국 등지를 취재하여 1897년에 『조선과 그 이웃나라들』을 발표한 이사벨라 비숍은 개항장 인천의 떠들썩한 풍경을 이렇게 묘사하였다.

일본 해군의 큰 함대 하나, 작은 군함 여섯 척, 미국 기함 한 척, 프랑스 배 두 척, 러시아 배 한 척, 그리고 중국 배 두 척이 항구 바깥쪽에 있었던 것이다. 항구 내부의 제한된 수용 시설은 최대치로 값이 매겨져 있었다. 일본 운송선은 군대, 말, 그리고 전쟁 물자를 작은 증기선으로 실어 나르는 중이었고 정크선들이 병참을 위한 쌀과 다

른 저장물을 내리고 있었다. 중국인 쿨리들이 하루 종일 그것을 해
변에 쌓고 있었다.

이 확연히 달라진 공장 도시 인천을, 1920년대 문학의 한 축을 담당
했던 경향파 계열의 시인 박팔양은 '노동하는 도시'로 바라보았다. 이
미 인천에 항만, 철강, 제분, 목재, 연초, 양조 등 숱한 산업 지형이 형
성되어 수많은 노동자가 거리를 메우기 시작한 다음의 풍경이다.
1927년, 박팔양은 「인천항」에서 그 정경을 이렇게 묘사했다.

  잿빛 하늘, 푸른 물결, 조수 내음새
  오오, 잊을 수 없는 이 항구의 정경이여.
  상해로 가는 배가 떠난다.
  저음의 기적, 그 여운을 길게 남기고
  유랑과 추방과 망명의
  많은 목숨을 싣고 떠나는 배다.
  (중략)
  부두에 산같이 쌓인 짐을 이리저리 옮기는 노동자들
  당신네들 고향은 어데시오?
  "우리는 경상도" "우리는 산동성"
  대답은 그것뿐으로 족하다.
  월미도와 영종도 그 사이로
  물결을 헤치며 나가는 배의

높디높은 마스트 위로 부는 바람

　이제 인천은 확연히 공장의 도시가 되었다. 문학평론가 이현식은 개
항과 공장과 유민과 노동자와 하역 물자와 공산품과 거대한 콘테이너
트럭이 압도하기 시작한 인천을 '항구와 공장의 근대성'이라고 불렀
다. 같은 제목의 논문에서 이현식은 "한국 근대문학이 인천이라는 도
시 공간을 노동자의 도시로 새롭게 발견하는 것은 우리 삶의 문제인
근대의 문제를 지금까지와는 다른 패러다임으로 접근"하고자 한 노력
이며 바로 이 문제, 즉 근대가 직면했던 도시와 노동과 인간적 삶의 문
제를 근현대 문학이 천착하고자 했던 것은 "근대 자본주의를 넘어서
는 방식으로 극복함으로써 새로운 사회를 보여 주려 했던 노력 가운데
에 인천이라는 도시가 발견"된 것이라고 썼다.
　일제강점기의 경우, 그 대표적인 작품이 1934년 《동아일보》에 연재
됐던 강경애의 『인간문제』이다. 이 소설 속 인천은 잠에서 서서히 깨
어나는 개항기의 느슨한 모습이나, 항구라는 어휘가 피상적으로 연상
케 하는 낭만적 이미지와는 거리가 멀다. 도시와 공장과 노동자의 풍
경이다.

　인천의 이 새벽만은 노동자의 인천 같다. 각반을 치고 목에 타월을
　건 노동자들이 제각기 일터를 찾아가느라 분주하였다. 그리고 타월
　을 귀밑까지 눌러쓴 부인들은 벤또를 들고 전등불 아래로 희미하게
　꼬리를 물고 나타나고 또 나타난다. 나중에 알고 보니 이 부인들은

정미소에 다니는 부인들이라고 하였다.

소설에 묘사된 인천의 풍경은 동시대 문학 작품에서 유례를 찾기 어렵다. 아니, 산업화가 국가 정책의 근간으로 확립된 1960~1970년대 이후에 내륙 지방 출신의 꽤 많은 소설가들이 발표한 작품들에 묘사된, 그네의 향토 마을이나 읍내나 군소 도시의 풍경과도 확연히 다르다. 이를테면 경북 내륙의 이문열이나 김주영, 충남 내륙의 김성동이나 박범신, 전남 바닷가의 이청준이나 한승원 등이 저마다 고향을 묘사할 때 그 풍경이란 대체로 산업화 이전의 마을 공동체에 대한 낭만적 회고를 담고 있기 마련인데, 그들보다 30~40년 전에 이미 강경애는 "각반을 치고 목에 타월을 건 노동자들이 제각기 일터를 찾아가느

1923년 무렵의 인천 정미소 풍경(사진 제공: 인천광역시청)
수건을 귀밑까지 눌러쓴 부인들은 새벽부터 '벤또'를 들고 정미소로 일하러 갔다.

라 분주"하다고, 직선과 속도와 생산량의 도시로 급변한 인천의 모습을 그렸던 것이다.

그런 일제강점기의 공장 도시에서 노동자들이 더 나은 작업 환경이나 임금 조건을 확보하기 위해, 때로는 사회적 문제를 해결하기 위해 다양한 활동을 펼쳤음은 앞에서 기록한 바와 같다.

해방 후의 격변과 '기계 도시'의 탄생

이제 해방 이후 한국 사회의 전반적인 경제 수준 향상과 그와 맞물린 노동운동의 활발한 전개를 언급할 때가 되었거니와, 이 역시 단순히 어느 해에 어떤 사건이 있었다고 나열하는 식이 아니라 그 격동기의 내면 풍경이 어떠했는지를 문화 · 예술의 다양한 요소를 통하여 재구성하는 것이 이 글의 뜻과 맞는 일이다. 인천의 삶의 풍경을 제대로 살피는 데에는 이를테면 방현석의 『새벽 출정』 같은 노동소설뿐 아니라 박민규의 『삼미 슈퍼스타즈의 마지막 팬클럽』도 소중하며, 영화패 '장산곶매'의 〈파업 전야〉뿐 아니라 정재은 감독의 〈고양이를 부탁해〉도 다시 어루만져 보아야 할 기록이 되는 것이다.

해방 이후, 인천은 도시 전체가 멀미를 앓았다. 수많은 유민이 모여들었다. 최인훈의 『광장』에서 주인공 이명준은 대혼돈의 이념적 공황을 인천의 항구에서 잠시 이겨 낸다.

혼자서 곧잘 거리를 걸어 본다. 부두를 낀 거리를, 맥고모자를 눌

러쓰고 기웃거리는 시간에, 그는 즐겁다. (중략) 소주잔을 들어서 쭉 들이켠다. 목에서 창자로 찌르르한 게 흘러간다. 이 목로술집은 인천에 와서부터 단골이다. 얼마 붐비지 않는 게 좋았고, 내다보이는 창밖이 좋다. 마룻장 밑에서는 바다가 철썩거린다. 다 탄 담배를 창밖으로 던진다.

그리고 전쟁과 그 이후의 급격한 도시 재편! 드디어 산업화가 촉발되어 도심부는 물론 시 중심지 바깥의 염전이나 논밭까지 공장 및 그 유관 시설로 재편되면서 도시 전체가 급변했다. 오늘날의 인천이 저 1960~1970년대에 형성되기 시작한 것이다.

소설가 조세희는 이 도시를 '기계 도시'라고 불렀다. 그의 유명한 소설집 『난장이가 쏘아올린 작은 공』에서 '은강'이라고 표현되는 도시가 바로 인천의 공장 지대. 그가 말한 기계 도시는 이곳 남동공단이 아닐 수도 있다. 부평이나 주안 쪽일 수도 있겠지만, 아무튼 나는 지금 남동공단의 버스 정류장에서 조세희가 기록했던 '기계 도시 은강'의 한 단면을 보고 있는 중이다.

조세희는 인천, 곧 은강이라는 도시가 "크고 그 안은 복잡하다. 은강 사람들이 자기네 도시를 두고 이야기할 때 얼른 이해할 수 없는 것 중의 하나가 '갑갑하다'는 말"이라고 쓴 적 있다.

인천의 역사와 지리, 산업에 관한 그의 이야기를 마저 들어 본다.

아이들은 학교에서 1883년 개항과 더불어 국제적 무역항으로, 산업 도시로 발달한 은강의 역사를 배운다. 은강 공업 지대는 금속·도자기·화학·유지·조선·목재·판유리·섬유·전자·자동차·제강 공업이 성하고, 특히 판유리는 한국 최고의 존재로 교과서에 나와 있다. 또 조수 간만의 차가 구 미터에 이르나 갑문식 도크를 설치하여 불편을 제거했다.

시내는 많은 구릉이 기복을 이루며, 동서로 뻗은 중앙부의 구릉에 의하여 시가지는 남북으로 나뉜다. 공장 지대는 북쪽이다. 수없이 솟은 굴뚝에서 시커먼 연기가 오르고, 공장 안에서는 기계들이 돌아간다. 노동자들이 그곳에서 일한다.

인천의
노동운동

시커먼 공포를 배출하는 거대도시

여름부터 초가을에 걸쳐 불어오는 태풍은 은강을 지나 내륙으로 들어간다. 겨울을 몰아오는 것은 차고 건조한 북서 계절풍이다.

겨울이 되면 은강에도 물론 눈이 내리지만 공장 노동자들은 눈이 내려 쌓이는 것을 보지 못한다. 아무리 추워도 하천은 얼어붙는 법이 없고 눈은 주거 지역 쪽에만 내려 쌓인다.

은강 바람은 낮에는 바다에서 육지로, 밤에는 육지에서 바다로 분다. 그 바람이 공장 지대의 유독 가스와 매연을 바다와 내륙으로만 몰아갔다. 그런데 오월 어느 날 밤, 은강 사람들은 바람이 갑자기 방향을 바꾸었다는 사실을 알았다. 바람은 바다로 안 불고, 내륙으로도 안 불고, 공장 지대의 상공에 머물렀다가 곧바로 주거지를 향해 불었다.

조세희는 같은 소설집에 실린 「기계 도시」에서 '은강'을 이렇게 묵시록적으로 묘사하고 있다. 앞에서 밝힌 바와 같이, 이 시대의 걸작이 묘사하고 있는 기계 도시 은강은 곧 인천이다.

개항 이후 줄기차게 공장과 그 부속 산업 시설로 팽창해 온 인천의 저 1970년대는 산업화의 부유물과 폐기물로 뒤덮여 있었다. 매연과 악취와 폐수와 소음이 공장 도시를 장악하고 있었다. '친환경'이나 '생태'나 '맑은 물' 같은 이야기는 한 세대 이후의 일이었다. 산업화의 파고가 가장 높았던 시절에 인천은 도처의 공장에서 내뿜는 시커먼 매연과 귀를 찢는 소음이 도심의 공단을 완전히 압도하던 곳이었다.

이를테면 인천 동구 송현동 66번지 일대, 일명 '수문통(水門通)' 지역도 산업화에 의하여 급격한 변화를 겪은 곳이다. 1980년대 초까지만 해도 이곳으로 바닷물이 드나들었다. 주변의 수많은 공장과 더불어 이 수문통의 역할 또한 작지 않았다. 인근의 철도 공작창이나 대우중공업(옛 한국기계) 사택에서 숨 가쁜 일상이 이루어지던 일터이자 삶터였고, 돼지고기를 파는 가게들이 즐비하여 '돼지골목'이라고 불리기도 했다.

현재는 이 수문통거리 일대를 가로공원으로 재정비하는 계획이 진행되고 있는 바, 인천의 이러한 실핏줄 같은 동네들이 모두 산업화 시절의 고단했던 삶의 터전이었다. 시인 박형준은 「저녁의 무늬」에서 수문통거리를 다음처럼 기억하고 있다.

십몇 년을 살았던 인천의 수문통거리. 갯벌에 돛이 부러진 배가 처박혀 있고, 대우중공업 담벼락 옆에 하염없이 늘어서 있는 철도, 주술을 걸어오듯이 들릴 듯 말 듯 웅웅거리며 기계 소리가 담벼락 너머로 들려오면 새빨갛게 봉오리를 내밀며 피던 장미들. 그 거리의 아이들은 정말 마술처럼 공장으로 사라져 가곤 했다. 석유 냄새가 풍겨오던 질긴 청색 유니폼을 입고 저녁이면 수문통거리로 쏟아져 나오던 파리한 얼굴들.

그랬다. 어디 수문통뿐이랴. 은강, 곧 기계 도시 인천의 1970~1980년대는 거대한 산업 시설 아래에서 많은 사람들이 힘겹게 하루의 저녁을 걱정하던 때였다. 공장을 핵심으로 하는 도시의 제반 환경이 이렇다 함은 그 안에서 살아가는 사람들의 일상이 때로는 매우 위험천만해질 수 있다는 말이다. 최소한의 인간적 대우조차 제대로 요구하기 어려웠던 시절이었으므로 환경이나 생태 같은 이야기는 꺼낼 수도 없었다. 아니, 그 시절에 그 같은 단어는 인천의 공장과 그 삶에 아직 도착하지 않은 미래의 언어였다.

'공해 추방' 정도가 그나마 간헐적으로 들려온 말이었지만, 그런 말이나 운동을 하는 사람을 잡아가던 시절이었다. 오늘에야 인천에서 살아가는 시민들은 물론이고 산업 시설을 세우고 가동하고 정비하는 기업에서조차 일단은 '친환경'이라는 말을 쓰지 않을 수 없는 사정이 되었지만, 그때는 그렇지 않았다. 아무런 보호 장구 없이 매캐한 화공 약품을 뒤집어쓰며 일했다. 작업장에서 사고라도 나면 일단은 당사자의 실수나 태만으로 여겨졌다. '산업재해 보상' 같은 말은 꺼낼 수도 없었으려니와, 꺼냈다가는 금세 블랙리스트에 올랐다.

산업화의 재앙은 일개 공장의 문제가 아니라 도시 전체의 문제였다. 다시 조세희 소설의 한 대목을 읽어 본다.

막 잠이 들려던 어린아이들이 바람이 방향을 바꾼 사실을 제일 먼저 알았다. 어른들은 아이들이 갑자기 호흡 장애를 일으키는 것을 보았다.

아이들을 안고 병원으로 달려가던 어른들도 악취 때문에 제대로 숨을 쉴 수 없었다. 눈이 아프고, 목이 따가웠다. 견딜 수 없는 사람들이 거리로 뛰어나왔다. 시가지와 주거지에 안개가 내리고, 가로등은 보이지 않았다. 대혼잡이 일어 질서는 순식간에 무너졌다. 도둑과 불량배가 꿈에도 생각 못 했던 기회를 잡아 날뛰었다. 시민들은 주거지를 벗어나 중앙으로 이어지는 국도 쪽으로 대피했다. 아홉 시에서 자정까지, 세 시간에 지나지 않았지만 은강 사람들은 큰 공포 앞에 맨몸으로 노출된 자신들을 깨닫고 몸서리쳤다.

도시는, 그렇게 시커먼 공포를 배출하는 곳이었다. 중요한 것은, 물리적 공간만이 인간을 압도했던 것이 아니라, 이 거대도시에서 인간과 인간 사이의 긴장과 충돌이 점점 더 고양되어 갔다는 사실이다.

삶의 비참에 맞서 스스로 시대의 격랑이 되다

조세희의 소설 속 '난장이'의 아이들은 재개발 빈민

촌에서 나와 기계 도시 은강의 공장들로 먹고살기 위해 흩어져 들어갔는데, 그 안의 노동조건과 임금과 정서적인 대우는 짐승의 처지를 겨우 면한 수준이었다. 은강에서 사람들은 비참해졌고, 그 비참을 더 이상 견딜 수 없어서 스스로 학습하고 조직하여 시대의 격랑으로 변해갔다.

인천은 1970~1980년대 한국 노동운동의 주축이었다. 서울의 구로공단, 저 울산이나 마산의 대단위 공장들도 굵직한 축을 형성했지만, 인천은 그 '종의 다양성'으로 인하여 노동운동의 모든 생태적 조건과 양상을 빚어내는 도시가 되었다.

대규모 철강·자동차·석유 공장이 있는가 하면 여성 노동자들이 주축인 방직 공장도 많았고, 주안이나 부평 쪽에는 중소 규모 금속 공장들이 존재했다. 중소 규모 공장 중심인 데다 여성 노동자들이 많았던 서울의 구로공단과는 그 물리적 규모가 달랐고, 저 울산이나 마산과 달리 정치의 중심지 서울과 인접하여 운동의 파급 효과도 컸다. 서울 주요 대학 출신의 수많은 젊은이들이 위장취업이나 외곽 지원 등의 형

1985년 4월의 대우자동차 파업. 인천은 1970~1980년대 노동운동의 주축이었다.(사진 제공: 한국지엠 노동조합)

태로 인천으로 스며들었다.

조세희 이후, 많은 젊은 작가들이 이 격렬했던 인천의 공장을 묘사하고 그 안의 인간적 삶을 담아내기 위해 인천으로 몰려왔다. 한가로운 풍경 스케치가 아니라 문학운동의 한 과정이기도 했던 이 흐름에 몸담은 정화진, 방현석, 김한수 같은 작가들이 1980년대의 인천을 그려 냈다. 정화진의 『쇳물처럼』은 인천의 선반 공장에서 겪은 체험이 녹아 있는 작품으로서 노동자의 현실을 '내부의 시선'으로 그려 낸 문제작으로 기록되어 있으며, 김한수 또한 생생한 노동 체험과 삶의 이면을 응시하는 깊이 있는 시선으로 인천의 낮은 삶을 기록했다.

『새벽 출정』, 『내일을 여는 집』 등을 펴낸 방현석의 시선 또한 인천의 공장에 닿아 있다. 그의 소설은 부평, 남동, 주안 등의 중소 규모 공장 지대를 배경으로 한다. 대학을 마친 후 인천에서 공장 생활을 하고 조합운동까지 했던 경험이 그의 소설에 녹아 있다. 특히 중편 「새벽 출정」은 인천의 세창물산에서 발생했던 비극을 바탕으로 하고 있다. 노동운동 과정에서 목숨을 잃은 송철순의 삶이 소설에 녹아 있는 것이다. 소설 속에서 인천은 다음처럼 묘사된다.

7공단과 8공단 사이를 가로지르고 누운 이 개펄을 사람들은 똥바다라 불렀다. 만조가 되면 뚝방까지 차오른 바닷물이 출렁거렸다. 물이 빠져나가는 간조가 되면 시커멓게 더럽혀진 개펄은 흉측스런 등짝을 드러냈다. 개펄 언저리 곳곳엔 밤사이 몰래 버린 공단 폐기물들이 산더미를 이루었다. 버려진 폐수와 오물, 쓰레기 들의 썩는

냄새가 소금 냄새와 뒤섞여 코를 찔렀다. 똥바다라 이름하기에 조금
도 부족함이 없는 이 개펄의 뚝방을 그래도 갈 곳 없는 공단 사람들
은 휴식처로 삼았다.

이 작품의 의미는, 기존의 노동 소설이 다소 기계적이고 도식적인
흐름으로 일관했던 것과 달리, 노동자의 현실적인 조건과 일상의 처
지를 실감 나게 재현했다는 데 있다. 소설을 발표했던 1980년대 후
반, 방현석은 어느 인터뷰에서 "농성하는 친구들을 격려하고, 원고료
를 그들에게 보태 주고 싶었다. 그리고 사람들에게 왜 노동자들이 싸
울 수밖에 없는지를 이해시키고자 했다. 실제로 현실은 소설보다 더
감동적이고 눈물 나는 것이었다"(《한겨레》, 1989년 10월 24일)고 밝힌
적 있다.

이 소설은, 이 소설가의 엄정한 태도는, 이 소설이 그려 낸 진실한
이야기는 1970~1980년대 은강이라는 기계 도시, 곧 인천이라는 거
대한 공장 도시의 현실을 제대로 보여 준다. 작품 속의 '세광물산' 숙
련공들이 겪은 지극히 일상적인 문제들이 노동운동의 전체적인 대의
에 합쳐지는 대목은 1980년대 노동 소설의 빼어난 성취로 남아 있
다. 🖉

3부

● 인천, 미닝년의 희미한 꿈

오늘의 공장
내일의 인천

모두들,

고단하고 힘겨운 삶이 영위되어 온 인천이

보다 활기차고 건강한 공동체의 도시로

발전하기를 바라고 있다.

그들은 공장을 중심으로 성장한

인천의 건강한 미래를 꿈꾸는 중이다.

조감도가
숨기고
있는 것

아직 오지 않은, 혹은 오지 않을지도 모를 미래

저 멀리 해가 뉘엿뉘엿 지고 있다. 황혼은 아름답다. 붉은 노을이 도시의 원경을 가득 적신다. 그 앞으로 산이 펼쳐져 있다. 저 뒤편의 높은 산은 아득하게 물러서 있고 가까운 곳의 낮은 산은 짙은 색을 발하고 있다. 그 산 아래로 아파트 단지가 기립해 있다. 어떤 면에서는 낮은 산을 압도하고 또 높은 산까지 압도한다. 모든 풍경들이 아파트 단지를 위해 구성되어 있는 듯하다. 아파트 단지 앞으로는 공원이 조성되어 있고 호수까지 마련되어 있다. 희미하게나마 사람들도 보인다. 몇몇은 공원에서 운동을 하고 몇몇은 호숫가를 산책한다. 그리고 맨 앞에 도로가 나 있다. 차량은 많지 않다. 한눈에 보기에도 공기는 맑고 물은 시원하며 바람은 청량하다. 앞쪽의 공원은 아늑하고 뒤쪽의 산들은 장려하며 저 멀리 영원 속으로 사라져 가는 노을은 더욱 광휘롭게 붉어졌다.

이곳은 어디인가. 만석동? 아니다. 산업화의 개발과 성장을 온몸으로 견뎌 낸 만석동의 미래는 좀 더 멀리 있다. 그렇다면 부평? 거대한 자동차 공장과 수많은 협력 공장이 몰려 있는 부평의 어떤 모습과 닮았지만, 아직은 부평의 풍경이 저와 같지 않다. 주안공단이나 남동인더스파크? 1970년대 이후 이 오랜 공단 지역 사람들이 저와 같은 평온한 삶을 동경해 왔지만, 그것이 이루어지려면 더 많은 시간이 필요하다.

그렇다면 어디인가? 조감도! 그렇다. 조감도 속의 인천이다. 인천을 한 바퀴 돌아 보라. 조감도가 없는 곳이 없다. 어디에서나 쉽게 조감도를 발견할 수 있다. 재개발 지역에도, 신도시에도, 공항에도, 항구에도, 공단에도. 어디에나 조감도가 있다. 2014아시안게임을 위

개발의 욕망으로 들끓는 인천은 조감도의 도시이다.

한 조감도도 있고 대규모 택지 개발과 관련된 조감도도 있고 국제도시를 위한 조감도도 있다. 어쩌다 잊을 만하면 배가 심드렁하게 왔다 갔다 하는 경인아라뱃길은 수변 곳곳에 조감도가 널려 있다. 이미 완공된 아라뱃길의 그 많은 조감도는 이 치수 공사가 매우 엉성하게 급조된 것임을 웅변한다.

인천은 가히 '조감도의 도시'라고 할 만하다. 조감도는 도시의 욕망을 함축한다. 조감도는 도시의 꿈을 담는다. 조감도는 그 도시가 상상하는 미래를 보여 준다. 그런데, 주의해야 한다. 조감도 맨 아래에 작은 글씨로 이렇게 쓰여 있다. "위 조감도는 실제와 다를 수 있습니다."

어제와 내일 사이에서 비틀거리다

지금 나는 두 개의 조감도를 보고 있다. 하나는 폐허의 조감도다. 다른 하나는 마천루의 조감도다. 그 폐허란 인천 서구 가정동의 '루원시티'다. 3만여 명이 살던 가정오거리 일대 구도심을 완전히 허물고 1만 1천여 가구의 아파트와 다양한 도시 시설을 짓는 '첨단 입체형 복합도시 계획'이 루원시티다. 그러나 그것은 미래의 일이고, 현재는 첨단도 아니고 입체도 아니고 복합도 아닌 폐허 상태다.

2012년 6월 말 루원시티에 갔을 때, 그곳은 흡사 영화 세트장 같았다. 곧 무너질 듯한 건물들, 파괴된 시설물들, 허물어져 가는 벽들, 함부로 버려진 쓰레기들, 사용할 수 없는 전기와 수도 위생 시설들. 그 폐허 안에도 조감도가 있었다. 인천의 미래를 담은 조감도, 인천의 공공사업을 알리는 조감도, 도심 재개발과 관련된 조감도. 루원시티라고 불리게 될 미래의 모습들이 조감도 속에 있었다. 그러나 그 미래는 아직은 너무나 불투명하다. 지난번 그곳에 갔을 때에는 조감도마저 방치되어 있었다. 먼지와 낙서로 희미해진 조감도는 서구 가정동의 현재를 생생하게 보여 주고 있었다.

언젠가 루원시티가 될지도 모를 그곳의 거리와 골목에서는 악취가 풍겼다. 한여름이기 때문이었을 터이다. 재개발 지역에 바짝 붙어서 아파트 단지가 있었다. 그곳 주민들의 위생을 위하여 소독차가 방역 작업을 하면서 돌아다녔다. 지자체마다 여름철에 하는 작업이지만, 악취가 풍기는 폐허 바로 옆에서 소독차가 허연 연기를 뿜으며 골목마다 돌아다니는 모습은 한순간에 이 일대를, 저 미래의 루원시티가 아니라 과거의 가난했던 시절로 되돌려 놓았다. 1970년대 산업화 시절에 가난한 동네의

불투명한 미래를 암시라도 하듯, 가정동 일대에서는
조감도마저 방치되어 있다.

소독차 꽁무니를 뒤쫓는 아이들. 폐허에서도 아이들은 자란다.

아이들이 소독차를 따라다녔던 것처럼, 이른바 루원시티라는 장밋빛 조감도가 펼쳐졌던 곳에서도 아이들이 허연 연기를 따라 몰려다녔다. 소독차 꽁무니에는 "행복을 만드는 희망도시"라는 슬로건이 새겨져 있었다.

　나는 그 폐허에서, 아직 오지 않은 루원시티에서, 낡아 빠진 조감도에서, 산업화에서 탈산업화로 이행하는 인천의 균형 잃은 상황을 보았다. 20세기의 산업화와 대규모 공단과 인구 유입과 난개발이 21세기의 새로운 삶의 형식으로 전환되어 가는 시점에서 인천은 지금 심각한 몸살을 앓고 있다.

디트로이트와
인천

살아 있는 유령의 도시

브래드 앤더슨 감독은 유령 같은 도시를 보자마자 모든 고민이 눈 녹듯이 사라졌다. 돈 한 푼 들이지 않고서도 얼마든지 원하는 그림을 찍어 낼 수 있는 거대한 세트장이 눈앞에 펼쳐져 있었다. 할리우드 재난 영화 〈배니싱〉 이야기다.

인적을 찾아볼 수 없는 황량한 거리, 버려진 자동차들, 허물어져 가는 공장, 폐허와 다를 바 없는 주택, 그 구조물 속에 함부로 내던져진 쓰레기와 그 때문에 도시 전체를 죽음의 세계로 몰아가는 악취들.

브래드 앤더슨 감독은 카메라를 들이대면 어느 방향에서나 묵시록적인 종말의 분위기를 찍을 수 있었다. 디트로이트가 바로 그 도시다. 현대 대도시의 운명과 그 산업화의 역사와 공장의 삶에 대해 깊은 관심을 가진 독자라면 미국의 5대 대도시 중 하나로 꼽히는 디트로이트를 모를 리 없을 터이다. 폐허가 된 도시를 배경으로 영화를 찍고자 했던 〈배니싱〉 제작진이 처음으로 달려간 도시가 바로 디트로이트였고, 그들은 흡사 재난 영화 세트장처럼 흉물스럽게 변해 버린 디트로이트의 '생얼' 앞에서 입을 다물기도 어려웠다.

물론, 사람은 살고 있었다. 디트로이트 시 당국은 영화 제작에 전폭적으로 협조했다. 주요 간선도로는 쉽게 통제되었고 대규모 건물들도 자주 정전을 했다. 일상을 위해 황량한 도시로 나왔던 시민들은 시 당국의 협조 요청에 묵묵히 따랐다. 살아 있는 그 어떤 생명체의 존재의 흔적도 없는 황량한 도시를 구현하고 싶다는 브래드 앤더슨의 제작 의도에 따라, 한때 세계 최고의 자동차 도시였던 디트로이트는 생생한 폐허의 영화 세트장으로 전락하여 그 허망한 신세를 날것 그대로 보여주었던 것이다.

커티스 핸슨 감독의 〈8마일〉이라는 작품도 디트로이트를 배경으로 한 영화다. 한때 세계를 굴러가게 했던 자동차 도시 디트로이트의 변두리에서 살아가는 가난한 백인 청년의 비참한 삶을 다룬 작품이다. 실제로 가난한 마을에서 성장한 세계적인 랩 가수 에미넴이 주인공을 맡았고, 디트로이트 빈민가의 트레일러에서 살아가는 어머니 역으로 킴 베이싱어가 출연했다.

아, 물론 디트로이트가 완전히 폐허가 되어 사람이 전혀 살 수 없는 죽음의 도시가 되었다는 말은 아니다. 여전히 디트로이트에는 사람이 살고 있고, 이 도시를 연고로 하는 프로야구팀 디트로이트 타이거즈가 아메리칸리그 챔피언십에 진출했으며, 97년의 역사를 가진 미국프로

풋볼(NFL) 역사상 최초의 여성 심판 섀넌 이스턴이 2012년 9월 디트로이트 포드필드에서 벌어진 디트로이트 라이온스와 세인트루이스 램즈의 경기에서 선심으로 뛰기도 했다. 사람들은 출근을 하고 일을 하고 퇴근을 한다. 재선을 노리던 버락 오바마 미국 대통령이 한국의 이명박 전 대통령과 함께 일자리 창출과 고용 안정이라는 경제정책 선전을 위해 일부러 찾았던 도시가 디트로이트이기도 하다.

그러나 옛 영화는 좀처럼 되살아나지 않고 있다. 2012년 5월 30일자《뉴스위크》기사에 따르면, 사진작가 아리애나 아카라와 루카 산티스는 이 폐허의 도시에 들어가 악착같이 삶의 흔적을 찾아내려고 했다. 두 사진작가는 "처음 디트로이트에 발을 들여놓았을 때 우리는 사진작가로서 그 도시 형태의 당혹스런 소멸을 기록할 계획이었다. 현대의 폐허 이야기를 마음속에 그리고 있었다"고 했다. 그러나 20세기 미국의 산업화를 대표하는 디트로이트가 과거의 영화를 상실하고 쓸쓸한 도시로 전락했지만 그래도 "고뇌에 찬 목소리"가 귀를 울리고 있었다고 두 사람은 기록한다. 그래서 그들은 폐허가 된 주택가에서 편지, 가족 앨범, 폴라로이드 사진, 각종 자료 사진, 얼굴 사진 등을 마치 폭발물 처리반처럼 꼼꼼히 모았고 그것으로 하나의 다큐멘터리를 만들어 낼 수 있었다.

디트로이트는 자동차 산업의 몰락으로 도심 건물의 30퍼센트가 텅빌 정도로 폐허로 내몰린 적이 있다. 미국 자동차 산업의 수도로 지엠, 포드, 크라이슬러 등 이른바 '빅 스리'가 세계 시장을 장악했던 시절의 바로 그 본사와 공장이 있는 디트로이트. 그러나 2008년 기준으로 디트로이트의 시민 1만 명당 강력 사건은 122건으로 미국 내 범죄율 1위를 기록했으며,《포브스》는 바그다드에 이어 세계에서 두 번째로 위험한 도시로 이곳을 꼽았다. 세계적인 여행 가이드북『론리 플래닛』은 2009 년에 세계에서 가장 혐오스러운 도시로 디트로이트를 꼽기도 했다.

　예고된 재앙이었다. 완성차 및 그 부품 제작이라는 20세기형 대단위 산업을 중심으로 발전한 디트로이트는 바로 그 패러다임에 위기가 오 자 순식간에 곤두박질을 쳤다. 1970년대의 석유파동과 일본 자동차 산업의 성장, 1990년대의 자동차 산업 구조 다각화, 새로운 세기 들어 미국 경제의 연이은 불황과 금융 위기, 그에 따른 자동차 수요의 급감 등 수십 년 동안 진행된 몰락의 드라마는 결국 지엠과 크라이슬러의

디트로이트 시 (사진: Wikimedia Commons)

파산 신청으로 절정에 달했다. 현대기아자동차가 디트로이트가 아니라 남부의 앨라배마 같은 곳에 거점을 확보한 것도 디트로이트의 몰락에 큰 영향을 끼쳤다.

물론, 지금 디트로이트는 새로운 활력을 찾기 위해 몸부림치고 있다. 하지만 미래의 방향은 좀처럼 잡히지 않고 있다. 심지어는 2012년 7월, 40대의 사업가 마크 사이와크가 디트로이트 동부의 폐허 지역에 '좀비 테마파크'를 설립하자는 제안까지 내놓았다. 사이와크는 폐허로 방치되어 온 건물들을 사들여 으스스한 좀비 체험 테마파크로 개발하여 디트로이트를 관광도시로 재생시키자고 했다. 폐허가 된 건물들을 멍하니 바라보고 낙심하거나 그 흉물이 없다는 양 고개를 외면하고 피해 다닐 일이 아니라는 게 사이와크의 주장. 그러나 시 당국과 시민들은 디트로이트가 거대한 세트장으로 전락하는 것을 이제 더는 원치 않는다. 시 당국은 사이와크의 제안에 대해 디트로이트가 '유령 좀비의 도시'라는 이미지로 전락할 수 있다며 반대의 뜻을 밝혔다.

인천은 디트로이트의 전철을 밟으려는가

디트로이트는 인천의 거울이다. 자동차라는 20세기 상징 산업의 성지였다가 그 거대 산업을 둘러싼 경제·금융·소비 환경의 급변에 효과적으로 대처하지 못해 21세기의 발전 방향을 놓쳐버린 디트로이트의 사례를 통하여 인천의 현황을 가늠해 볼 수 있기 때문이다.

인천의 도시 역사를 잘 알고 있는 사람이라면, 디트로이트를 묘사한 '폐허가 된 도심'이라든가 '악취가 풍기는 주택가' 혹은 '인적조차 찾을 수 없는 거리'라는 표현에서 바로 인천의 어느 지역을 떠올렸을 것이다. '루원시티'라는 이름의 거대한 개발 늪에 빠져 버린, 인천시 서구 가정동 일대 개발 지구 말이다.

"인천의 '인' 자만 들어도 가슴이 갑갑합니다." 이것은 이 지역 주민의 한탄이 아니다. 한국토지주택공사(LH) 이지송 사장이 지난 2012년 10월 8일, 국회 국토해양위원회 국정감사장에서 토로한 심경이다. "영종·청라·루원시티 등 인천 지역의 각종 LH사업에 문제가 산적해 있다"는 문병호 의원(인천 부평 갑)의 지적에, 이지송 사장은 "인천 지역은 워낙 사업을 많이 벌여 놔서 어떻게 수습해야 할지 갑갑하다"면서 "도무지 답이 나오지 않는데, 어떻게 해야 하겠습니까?"라며 하소연했다. "루원시티 30만 평에 1조 7,000억 원의 보상을 했지만, 뭘 할 수도 없고 답답한 상황"이라는 것이다.

지난 2004년, 인천시는 한국판 '라데팡스'(프랑스의 대표적 복합도시)를 만들겠다며 인천 서구 가정동 일대에서 대대적인 개발 사업에 착수하였다. 그러나 사업성은 불투명하였고, 2008년 세계 금융 위기와 2010년 이후 국내 부동산 경기의 급랭으로 급기야 사업이 사실상 전면 중단된 상태와 다를 바 없게 되었다. 서울의 용산국제업무지구 개발 사업과 더불어, 인천의 루원시티는 20세기형 대규모 도시 개발이 얼마나 위험한지 웅변적으로 보여 준다. 기존의 산업화와 삶의 모델이 어떻게 변해 가는지, 그러한 변화 속에서 실제로 거주하는 사람들의 내면세계는 또 어떻게 변해 가는지에 대한 고려 없이 '세계 최대·최초·최고' 같은 토목 신화에 의존하는 것이 얼마나 비현실적인 도박인가를 루원시티 개발 지역은 생생하게 보여 주고 있다.

앞서 본 디트로이트가 그러했듯이, 이 루원시티 사업 지구에서도 수많은 영화와 드라마가 촬영되었다. 1천만 관객 흥행몰이에 성공한 〈도둑들〉이나 〈통증〉 같은 영화들, 그리고 〈강력반〉이나 〈시크릿 가든〉 같은 드라마의 무대가 루원시티였다. 그 영화와 드라마들은 이 일대를 을씨년스러운 폐허로 묘사했다. 정말이지, 그것은 세트장이 따로 필요 없는 현실 그 자체였다. 📝

송도
국제도시

새로 쓰는 드라마 제1막?

여기, 또 하나의 조감도가 있다. 가정오거리의 루원시티 조감도가 무리한 도시 개발 신드롬으로 휘청거리는 인천을 보여준다면, 이 조감도는 어느 정도 현실화된 인천의 미래를 담고 있다. 바로 송도국제도시 곳곳에서 쉽게 볼 수 있는 조감도들이다.

폐허가 된 '루원시티' 개발 예정지 저 너머로 청라국제도시의 드높은 아파트군이 밀집해 있고, 아래쪽으로 내려가면 송도국제도시가 '위용'을 자랑한다.

송도국제도시. 연수구 동춘동에서 남동구의 고잔동, 논현동으로 이어지는 간석지를 매립하여 조성한 곳이다. 국제도시라는 이름답게 잇닿아 있는 12.3킬로미터의 인천대교를 이용하면 10여 분 만에 국제공항으로 갈 수 있다. 내륙 쪽으로는 굵직한 간선도로들이 어깨를 걸치

반쯤 온 미래. 송도국제도시는 직선으로 가득하다.

고 있다. 2009년 6월 1일 개통된 인천메트로 1호선은 송도를 구도심과 직결한다.

　도시 속의 도시, 곧 인천광역시 내의 송도국제도시는 개항 이후 1백여 년의 역사를 써 온 인천이 21세기에 새로 쓰는 드라마의 제1막이다. 청라와 영종까지 더하여 인천경제자유구역을 형성하거니와, 그 간판격

인 송도는 도심의 중소 공단과 항만을 낀 대규모 중화학 공장을 중심으로 반세기의 산업화를 살아온 인천이 첨단 산업, 컨벤션, 국제 비즈니스, 금융과 문화 등으로 환골탈태하려는 의지가 실천되는 곳이다. 2012년 10월 19일 유엔 녹색기후기금(GCF) 사무국의 인천 유치가 결정되면서, 송도국제도시의 현재적 위상과 미래적 가치는 더욱 높아졌다.

2012년 여름, 가정동 일대의 폐허를 벗어나 항만을 우측에 끼고 한참을 내려온 나는, 공항으로 직결되는 인천대교를 스쳐 지난 후, 송도 국제도시로 들어갔었다. 한순간에 20세기의 도시에서 21세기의 도시로 시간 여행을 떠난 느낌이었다.

방금 떠나온 20세기의 도시가 곡선과 소음으로 가득 찼다면, 이제 막 도착한 21세기의 도시는 직선으로 수미일관했다. 사람을 빼고는 모든 것이 직선처럼 보였다.

송도의 크고 작은 모든 것이 실제로 직선으로 이루어졌다는 말이 아니다. 직선의 힘, 그 팽창하는 근육질의 이미지를 실천하고 있다는 말이다. 사유니 성찰이니 하는 말은 이 도시에서는 괄호 안에 넣어 두어야 할 듯하다. 오로지 미래, 도약, 발전 같은 '희망적' 단어들만이 직선의 도로와 마천루 위로 넘쳐 났다.

그때, 나는 잠시 숨을 고르기 위해 송도국제업무단지 앞 버스 정류장에 서 있었다. 최첨단의 마천루가 끝도 없이 펼쳐져 있었고, 그 반대편으로는 그 언젠가 바다였을 간척 부지 위로 덤프트럭이 오가고 있었다.

버스 정류장에는, 아니나 다를까, 조감도가 있었다. 미래의 송도, 미래의 인천이 조감도 안에 담겨 있었다. 1백여 년 전 개항의 물결을 타고 연초 공장이며 성냥 공장이며 소주 공장 등으로 시작하여 동아시아 최대의 중화학 공장 지대를 이룩한 이 도시의 과거와 현재를 조망해 온 이 글의 마무리를 위하여, 조감도에 그려진 인천의 미래를 상상하기 위하여, 나는 국제업무단지로 향했다.

국제도시와
인천

꼭 짜인 공간, 낯선 공간 서정

송도국제업무단지. 치솟은 마천루와 일직선의 도로가 확연하다. 여기서의 시간은 앞으로만 흐른다. 이곳의 공간들은 여백을 남기지 않는다. 한 치의 오차도 없이 꼭 짜인 공간이다. 비록 곳곳에 공원이나 쉼터를 만들어 놓았다지만, 어찌 보면 그마저도 자연스럽게 형성된 공간이라기보다는 조감도의 관점에서 치밀하게 구획정리된 공간이다. 그러므로 말의 본질적인 의미에서 여유의 공간은 아니다.

송도는 인천의 오랜 공간 개념과 전혀 다르다. 개항 이후 인천은 적어도 경제사적인 측면에서는 우리나라가 겪어야 했던 모든 산업 발달사를 도시 안에서 다 치른 곳이다. 갯벌이거나 어촌이었던 곳이 거대한 항만 시설이나 석유 공장으로 변했고, 지금은 또 이렇게 국제업무

모든 것이 꽉 짜인 송도에서는 어떤 공간도 여백일 수 없다.

단지로 변하고 있다. 이런 공간들은 인천의 익숙했던 공간 서정, 즉 구불구불하고 복잡한 속에서도 사람이 사람의 얼굴을 마주 보던 공간 서정을 말끔히 지우고 있다.

박제가 된 과거

국제업무단지 안에 건립된 컴팩스마트시티에는 인천의 과거와 오늘과 미래의 모습이 조성되어 있다. 인천의 과거를 재현하고 설명을 단 많은 설치물들을 보면서, 나는 그들이 인천의 과거를 전혀 말해 주지 않는다고 생각한다. 그것은 박제된 과거다. 그것은 낭만화된 과거다. 디즈니랜드 같은 테마파크 속의 모형들일 뿐이다. 디즈니랜드나 에버랜드의 온갖 키치적 조형물들은 그나마 상상의 산물이다. 그런데 이곳에서는 생생했던 1세기 안팎의 거친 역사를 모형으로 압축해 놓았다. 이렇게 박제가 된 과거, 낭만화된 과거는 눈물을 보여 주지 않고 울음을 들려주지 않는다. 단순히 구경거리로서의 과거일 뿐이다.

인천은 과연 저 가난했던 시절에서 오늘의 송도로 급행열차를 타고 일직선으로 발전만 해 왔는가. 슬픔은 없었는가. 상실은 없었는가. 극도의 비인간적인 상황에 내몰린 채 주먹으로 입을 막아 가며 울음을 삼켜야 했던 삶은 없었는가.

인천의 수많은 공장과 굴뚝과 제연 시설, 선반 공장, 주물 기계, 컨베이어 벨트, 화공 약품, 분진 제어 장비, 각종 중장비, 그리고 그들과 더불어 단 한 번뿐인 삶을 보낸 수많은 사람들의 눈물과 한숨을 말갛게 제거해 버린, 그저 '추억 여행 상품'처럼 인천의 고난과 수난을 박제화한 인공 조형물에는 인천이 없다.

낭만화된 구경거리 안에는 인천이 없다. 따라서, 그렇게 박제되고 낭만화된 과거에서 일직선으로 이어진 미래의 인천 모습도 낯설다.

인천에 대한 인문적 상상력이 말끔히 소거된, 과거와 미래의 이러한 박제화가 과연 상당한 재원을 들여 할 만한 일인지 의심스럽다. 발전 지상주의, 팽창제일주의의 토건적 상상력만이 이 소중한 공간을 채우

눈물과 한숨이 말갛게 지워져 버린 과거는 인천의 과거가 아니다.

고 있다. 소중하고도 애틋한 삶의 발자취는 찾아볼 수 없으며, 혹시 있다 한들 추억 여행거리에 머물 뿐이다. 조잡한 개발제일주의가 컴팩스마트시티를 관통하고 있다. 인천시 도시홍보계획관의 이런 모습은 인천이 수십 년 동안 질 낮은 개발주의에 휘둘리며 살아왔다는 사실의 방증이다.

다행히, 인천시에서는 뒤늦게나마 컴팩스마트시티를 좀 더 창조적인 대화와 작업이 가능한 공간으로 변화시키려 애쓰고 있다. 예컨대, 2012년 말까지 '휴머니즘'을 주제로 한 전시회를 열었다. 전시회에서는 21세기의 첨단 작가들이 현대적 삶의 가치에 대해 의문을 던지는 작품 20여 점을 선보였다. 작품들은 질문으로 가득 차 있다. 정답을 제시한 게 아니라 도시와 인간에 관한 질문을 던져 놓았기 때문에, 그것을 보는 사람들은 이 거대한 도시의 왜소한 인간에 대하여 함께 생각해야 한다.

아울러, '인천의 근대건축물 종이모형전'도 열렸다. 문지훈 작가가 전문가들의 고증과 문헌을 토대로 인천의 건축물들을 정교하게 재현해 냈다. 제물포구락부, 동인천역의 전신인 '축현역', 우리나라 최초의 호텔인 '대불호텔' 등이 새롭게 해석되었다. 2012년 11월 한 달 동안은 김홍구 연세대 도시공학과 교수, 승효상 건축가 등이 도시·건축·공공디자인을 화두로 시민들과 이야기를 나누었다. 소중하고 아름다운 일이다. 🖉

인천,
미성년의
희미한 꿈

미성년의 시선으로 본 공장 지대의 삶

여기, 한 시인이 있다. 모든 좋은 시인이 그렇듯이, 김중식, 인천 출신의 이 시인 또한 자신의 삶을 차분하게 응시한다. 모든 좋은 시인이 또한 그렇듯이, 시인은 자신의 기록이 자전적 자장 안에서 헤매는 것이 아니라 동시대 사람들의 보편적인 행로와 상처 입은 삶으로 이행하도록 단속한다. 그리하여 시인의 작품「식당에 딸린 방한 칸」은, 자전적 기록이 아닐까 하는 혹자의 얄팍한 호기심을 일축이라도 하듯 산업화 시절에 인천에서 고단한 삶을 견뎌 온 많은 이들의 이력과 겹쳐지고, 그 이력에 스민 눈물의 얼룩들을 되새겨 준다.

인천의 크고 작은 공장을 찾아 나선 이 글은, 이 대목에서, 문학작품의 기록들을 더듬어 지나간 삶을 돌이켜 본다. 어쩌면 그 '지나간 삶'은 오늘날 인천의 어떤 사람들에게는, 혹은 젊은이들에게는 여전히 지

속되는 삶일 수도 있으므로, 잠시 그러한 방향으로 공장과 그 근방의
삶을 찾아가고자 한다. 자, 시인은 다음처럼 쓰고 있다.

> 밤늦게 귀가할 때마다 나는 세상의 끝에 대해
> 끝까지 간 의지와 끝까지 간 삶과 그 삶의
> 사람들에 대해 생각하게 된다.
> 귀가할 때마다
> 하루 열여섯 시간의 노동을 하는 어머니의 육체와
> 동시 상영관 두 군데를 죽치고 돌아온 내 피로의
> 끝을 보게 된다.
> 돈 한 푼 없어 대낮에 귀가할 때면
> 큰 길이 뚫려 있어도 사방이 막다른 골목이다.

이런 삶이란, 인천의 서민 주거 단지에서 흔히 볼 수 있는 풍경이다.
1883년 개항된 이후 100여 년이 흐른 지금까지, 인천의 대규모 공업
단지 인근의 삶이란 바로 이러한 "세상의 끝"이었다. 1895년 집계로
채 1만 명이 되지 않던 인구가 2012년 4월 말 현재 280만여 명을 헤아
리는데, 이 많은 인구가 지난 100여 년 동안 왜 서해안의 도시로 밀려
들었단 말인가. 그것은 식민지와 전쟁과 가난과 산업화의 파고 속에서
인천이 먹고살 수 있는 도시였기 때문이며, 그것은 곧 크고 작은 공장
의 집산으로 인한 결과였다.
　남자들은 공장에 갔고 여자들은 허드렛일을 했다. 남자들은 가내수

공업을 했고 여자들은 식당에 나갔다. 그 고단한 삶이란, 다시 말해, 인천의 크고 작은 공장 근처에서 생계를 유지하며 살아가는 삶이란 어쩌면 영원한 이방인 같은 것이었다. 그 2세들이 나고 자라서 인천을 제 고향으로 여기기까지, 식민지와 한국전쟁과 산업화 시기에 인천으로 몰려든 사람들에게 인천은 '객지'였다. 소설가 오정희의 걸작 「중국인 거리」에서 주인공 소녀의 할머니는 이렇게 말한다.

> 망할 놈의 탄가루들, 못 살 동네야.
> 할머니가 혀를 차면 나는 으레 나올 뒤엣말을 받았다.
> 광석천이라는 냇물에서는 말이다. 물론 난리가 나기 전 이북에서지. 빨래를 하면 희다 못해 시퍼랬지. 어느 독(毒)이 그렇게 퍼렇겠니.

떠나온 고향 이북의 차디차고 맑디맑은 냇물을 기억하는 할머니에게 인천은 검은 탄가루가 날리는 공장 지대였다. 할머니는 검은 도시를 저주한다. 탄가루를 저주하고 공장 지대를 혐오하고 공장들 때문에 형성된 술집이며 홍등가를 못마땅해 하고 그런 곳에서 일하는 아가씨들을 애틋해 한다. 그때는 그것이 삶이었다. 아이들마저도, 오정희의 묘사에 따르면, 석탄차가 항만의 끝에 이르면 인부들 몰래 그곳으로 기어든다.

> 드디어 화차가 오고 몇 번의 덜컹거림으로 완전히 숨을 놓으면 우리들은 재빨리 바퀴 사이로 기어들어가 석탄 가루를 훑고 이가 벌어

진 문짝 틈에 갈퀴처럼 팔을 들이밀어 조개탄을 후벼내었다. 철도 건너 저탄장에서 밀차를 밀며 나오는 인부들이 시커멓게 모습을 나타낼 즈음이면 우리는 대개 신발주머니에, 보다 크고 몸놀림이 잽싼 아이들은 시멘트 부대에 가득 석탄을 팔에 안고 낮은 철조망을 깨금발로 뛰어넘었다.

시인 김중식의 「식당에 딸린 방 한 칸」 역시 이 같은 정황에서 성장한 아랫세대의 기억을 담고 있다. 이 시에도 "공장에서 날아오는 연탄가루 때문에/우리 집 빨래가 햇빛 한번 못 쬐고 방구석 선풍기 바람에/말려진다는 걸 모르고"라는 대목이 나온다. 그 연탄 공장은 중구 신흥동의 강원연탄이다.

1960년대 후반부터 중구 신흥동의 강원연탄을 비롯하여 주안역과 부평역 인근에 제일연탄, 대동연탄 등의 공장이 대규모로 들어섰고, 인천항 주변에서는 외국에서 수입해 야적해 놓은 저탄장에서 탄가루가 흩날렸다. 연탄 산업이 사양길로 접어들고 주민들의 자치권도 향상되면서 이제 연탄 공장과 그 매캐한 탄가루의 기억은 점점 희미해지고 있지만, 그곳에서 일구어 냈던 가난한 삶만은 여전히 팽팽하다.

소설가 오정희는 인천항의 야적장에 대해, 시인 김중식은 신흥동의 강원연탄 공장에 대해 쓴다. 문학평론가 이현식은 「항구와 공장의 근대성」에서 이러한 기록들이 "고향을 떠나 호구지책으로 이 도시에 흘러들어 항구 근처에서 막노동을 하거나 밥벌이를 하는 가족들"을 주인공으로 하고 있는데 특히 "미성년의 시선으로 세상을 바라본다"는 특징을 가진다고 분석한다. "부모 세대의 곤궁하고 비루한 삶이나 비극적 상황으로부터 한 걸음 비켜서" 있는 이 미성년의 시선을 통해 공장 지대의 삶, 곧 산업화 시기 인천의 삶을 기록하고 있다는 것이다.

이 미성년 역시 곧 사회화 과정을 거치게 된다. 단칸방에서 아이들은 자랐고, 그들도 장차 커서 공장으로 식당으로 갔으며, 일부는 대학까지 다 마치고 공무원이 되거나 대기업에 입사하거나 해서 가족의 원을 풀어 주기도 했다.

'기억의 낭만화'에서 벗어나기

오늘날 인천에서 살아가는 수많은 청년들, 과연 그들에게 인천이란 무엇이며 인천의 거대한 공장이란 어떤 의미가 있는가? 나는 그들을 만나 보기로 했다. 젊은 날의 김중식이 인천에 대해 품었던 다음과 같은 애증을 오늘의 청년들은 어떻게 생각하고 있는지, 나는 그것이 알고 싶어졌다.

> 큰 도로로 나가면 철로가 있고 내가 사랑하는 기차가
> 있다 가끔씩 그 철로의 끝에서 다른 끝까지 처연하게
> 걸어다니는데 철로의 양끝은 흙 속에서 묻혀 있다 길의
> 무덤을 나는 사랑한다 항구에서 창고까지만 이어진
> 짧은 길의 운명을 나는 사랑하며 화물 트럭과 맞부딪치면
> 여자처럼 드러눕는 기관차를 나는 사랑하는 것이며

뛰는 사람보다 더디게 걷는 기차를 나는 사랑한다

"인천에서 태어나서 아직 벗어나 본 적이 없어요. 인천은 답답하고 정신이 없죠. 뭔가 허술한 면도 많고요. 저희 아파트에서 멀지 않은 곳에 공장이 있는데, 엄청난 크기에 연기가 하늘로 올라가는 것을 보면 몸이 망가지는 기분도 들어요."

이렇게 말하는 학생은 현재 스무 살이고 이름은 허지인이다. 인천에서 멀지 않은, 서울의 서남권에 있는 대학교에 다닌다. 그 나이 또래 학생답게 인터넷에 익숙하고 디지털 문화에 잘 적응한, 따라서 장차 인터넷 디지털 기반의 회사에 취직해서 연구 개발이나 디자인을 하는 것을 꿈꾸고 있는 학생이다.

그가 꿈꾸는 미래의 이미지는 꽤 밝고 세련되고 근사하다. 반면, 그가 태어나서 자란 인천의 이미지는 앞의 말처럼 "답답하고 정신이 없"는 모습이다. 이십대 초반의 젊은이들 생각이 모두 그러하리라고 일반화하기는 어렵지만, 그것은 아마 오늘날 인천에서 살아가는 청년들이 '인천'과 '공장'이라는 두 단어를 아울러 생각할 때 가장 먼저 떠올리는 이미지일 것이다. '엄청난 크기의 공장에서 검은 연기가 하늘로 올라가는 도시' 말이다.

나는 공장을 통해 인천의 역사와 삶을 재조명하는 이 책을 위해, 인천에서 사는, 적어도 5년 이상 살고 있는 젊은 학생들을 여럿 만났다. 기성세대가 기억하는 방식으로 인천과 그 공장을 설명하는 것은 자칫 '기억의 낭만화'에 머물 수 있기 때문이었다.

모두들 어린 시절의 추억을 애틋하게 여긴다. 인간은 기억의 동물이다. 기억의 부재란 삶의 부재이며 인간성의 부재다. 과거의 기억이 있기에 오늘이 있으며, 과거의 기억이 가리키는 방향에 따라 내일의 어떤 지점으로 인간은 살아간다. 그런데 모든 과거가 아름다울 수는 없다. 그렇다고 과거의 슬픈 일이나 쓰라린 기억을 그대로 가슴에 안고 살아가기는 어렵다.

그래서 선의의 '조작'이 발생한다. 어린 시절의 추억을 '낭만화'하는 것이다. 가난했지만 이웃지간에 '정'이 있었고, 상처가 많았지만 그것 역시 '성장통'이었다고. 고교 시절에 학생들 괴롭히던 악명 높은 선생님들도 추억의 공간에서는 '그리운 분'이 된다.

삶의 공간 역시 마찬가지다. 그래서 기성세대의 기억은 어떤 점에서 불완전하다. 그러나 젊은 세대는 다르다. 기억을 '낭만화'할 만큼 삶이 확정되지 않았다. 그렇기 때문에 그들이 기억하는 가까운 과거가 그 공간의 시대적 의미를 생생하게 되살려 줄 가능성이 크다. 내가 몇몇 대학생들을 만나 대화를 나눈 것은 그래서이다.

새로운 세대가 꿈꾸는 인천의 미래

앞서 소개한 허지인 학생의 집은 삼산동이고, 다녔던 고등학교는 백운역 근처에 있었다. "그 길을 매일같이 버스를 타고 통학하는데 항상 자동차가 좁은 차도에 미어터지고 매연도 심해서, '인천' 하면 늘 정신없는 도시라고 생각돼요. 하지만 오히려 바로 그 때문에 그 안에서 이루어지는 고단하고 힘겨운 삶에 대해 생각하면서 살아왔죠."

이러한 판단은 오늘날 인천에서 일상생활을 영위하는, 그리고 인천에 산재한 크고 작은 공장에 연고를 둔 많은 사람들이 일반적으로 느끼는 감정일 것이다. 바로 그 '고단하고 힘겨운 삶'에 대해 다른 학생의 감정을 물어보았다.

역시 서울 소재 대학에 다니는 학생으로, 스물다섯 살이며, 이름은 조재호다. 이 학생은 인천 하면 먼저 떠오르는 이미지로 '검은 하늘'과 '대규모 공장과 산업단지'를 꼽았다. 조재호 학생도 크고 작은 공장에 대하여, 그 안에서 이루어지는 삶에 대하여 '고단하고 힘든 삶'이라고 생각한다. 회사와 가족을 위해 일한다는 책임과 보람의 장이지만, 좀 더 현실적으로는 "공장에서 위험하고 고된 일을 하지만 그에 합당한 보상을 받지 못하는 경우를 많이 보았다"고 생각한다.

이와 조금 다른 판단을 하는 학생도 있다. 신문방송학을 전공하는 유인숙(24) 학생은 주안 5공단 근처가 집이다. 이 학생 역시 인천은 '고단하고 힘든 삶이 이루어지는 곳'이라고 생각한다. 성장 과정에서 지켜본 주안 5공단 일대의 모습이 이런 판단에 많은 영향을 주었을 터이다.

주안은 산업화가 본격화하기 전에는 염전으로 유명했던 곳이다. 우리나라 최초로 천일제염, 즉 염전에 바닷물을 끌어들여 태양열로 수분을 증발시켜 소금 결정을 얻는 방법이 시도된 곳이다. 주안의 옛 염전 자리는 지금의 서구 가좌동과 부평구 십정동 남쪽 수출산업공단 5단지 일대다. 바닷물이 내륙 깊숙이 들어왔던 대한제국 시절에 이미 실질적인 강점을 시작한 일제는 지형, 지질, 기후 면에서 천일제염의 최적지로 꼽힌 주안의 간석지에 염전을 축조하였다. 그렇게 시작한 천일제염은 일제강점기를 거쳐 1960년대까지 이어진다. 소금의 질이 뛰어나서 일본에 수출도 했다. 1961년에 정부가 소금 전매사업을 폐지하고 민영화하면서 크고 작은 제염 업체가 난립하여 1965년 이후에는 공급 과잉으로 그 값이 크게 떨어지기도 했다.

바닷길이 깊숙이 들어오기도 했던 주안이 염전으로 명맥을 유지하다가 순식간에 산업화의 한복판으로 진입한 것은 바로 경인고속도로 건설 때문이었다. 그 후 염전이 있던 자리에 수출산업공단이 들어섰고, 그리하여 주안은 공장 지대가 되었다. 산업화 시기의 공장 지대란 수많은 노동자들의 삶을 근대화한 계기이자, 가혹한 환경에서의 힘겨운 노동 역시 의미했던 이중성을 지닌 공간이었다.

1970~1980년대 인천 지역 노동운동의 역사에서 주안공단 일대 또한 중요한 의미를 지닌다. 이를테면 노동운동이 전국 단위로 본격화한 1980년대 후반, 그러니까 1989년 4월 30일의 《한겨레》는 주안 5동 성당에서 운영하는 가톨릭노동사목 '내일을 위한 집'에 주안 6공단 소재 영원통신의 직원들이 만취한 채 난입하여 보좌신부의 뺨을 때리고 집기를 부수는 등 1시간 넘게 난동을 부린 사건을 전한다. 난입자 중 한 명은 스스로 지역 담당 형사라고 신분을 밝히기도 했다는데, 성당 사무장의 앞니가 부러지는 등의 피해를 낳은 그 난동은 어찌 보면 그 시절의 일반적인 풍경이었다. 노동운동에 대한 가혹한 탄압과 그에 따른

격렬한 저항의 시대에, 주안공단인들 예외는 아니었다.

　그로부터 오랜 세월이 흐른 후, 지금 주안공단 일대는 '산업단지 활성화' 대책 마련으로 분주하다. 한국산업단지공단 주안지사는 올해 들어 입주 기업의 생산, 복지, 편의를 돕는 '주안비즈니스센터(가칭)' 운영에 박차를 가하고 있다. 문화시설, 도서관, 근린생활시설 등이 포함된 비즈니스센터 계획은 수많은 중소기업이 주안 5·6공단 일대를 떠나고 있는 현실을 반영하고 있다. 1960년대부터 이 일대의 산업단지는 지역 경제의 핵심이자 삶의 터전이었으나, 이전하는 기업이 점점 늘어나고 공장 가동률도 떨어지고 있으며 고용 상황도 여의치 않다.

　바로 그렇기 때문에 주안 5공단 근처에서 성장한 유인숙 학생은 향후 인천의 미래를 '첨단 미래형 산업도시'로 상상한다. 아마도 희망 섞인 상상일 터이다. 이러한 희망은 단순히 그렇게 되기를 상상하는 것이 아니라 인천의 현실과 그 변화의 방향을 가늠하면서 그려 내는 조감도에 가깝다.

　경영학을 전공하는 김솔이(24) 학생은 실제로 아르바이트를 하면서 공장 지대를 경험한 적이 있다. 그래서인지, 단순히 외양만 번듯한 도시가 아니라 실제로 더 나은 삶이 이루어지는 인천이라는 공동체를 상상한다. 김솔이 학생은 겉모습만 치장하는, 예컨대 속으로는 곪아 터지고 있는데 그럴 듯한 벽지나 바르는 식의 도시 개발에 회의적이다. 그는 "2009년 인천세계도시축전에서 나타난 단순한 보여 주기나 이미지보다는 인천만의 차별화된 콘텐츠를 제대로 살리는 발전"이 필요하다고 말한다.

역시 박제가 되어 버린 이 미래상을 넘어, 인천은 건강한 공동체를 만들어 갈 수 있을까?

인천이라는 거대한 공간과 산업공단이라는 하드웨어가 결합된 곳에서 성장한 학생들과 대화를 나누면서, 나는 이 학생들이, 고정관념에 기대어 인천을 바라보는 기성세대보다 어떤 면에서는 훨씬 더 생생하고 창의적인 생각을 하고 있음을 깨달았다.

　　모두들, 고단하고 힘겨운 삶이 영위되어 온 인천이 보다 활기차고 건강한 공동체의 도시로 발전하기를 바라고 있다. 김솔이 학생은 "오랜 역사를 가진 공단, 차이나타운, 스포츠 문화시설들, 자유공원 등이 서로 어울려야 한다. 오랜 역사의 인천항이나 공단이 국제도시나 인천공항 같은 새것과 공존하는 도시가 되어야 한다"고 말한다. 그들은 공장을 중심으로 성장한 인천의 건강한 미래를 꿈꾸는 중이다.

그리고,
공장의 삶은 지속된다

이 한반도의 도시는 크게 세 단계를 거쳐 오늘에 이르렀다. 그 첫머리
가 개항이다. 개항은 한양뿐 아니라 경향 각지의 군소 도시들도 급속히
재편시켰다. 특히 인천에서 시작하여 장항, 군산을 거쳐 목포에 이르는
거대한 곡창지대에 면한 해안 마을들은 개항 및 일제의 미곡 정책에 의
하여 기존의 어촌에서 근대적인 항구로 순식간에 변모하였다. 인천의
항만 시설이나 배다리마을이나 주안공단 일대가 그 결과들이다.

다음으로, 1960년대 중반 이후 전개된 산업화가 있다. 이 산업화 시
기에 서울과 부산을 양대 축으로 하는 거대도시가 형성되고 인근에 수
출 산업도시가 형성되면서 오늘의 도시 구조의 뼈대가 만들어진다. 그
대표적인 곳이 서울과 인천 사이, 부평이다. 부평은 일제강점기의 군
사기지화와 그 이후의 산업화에 의하여 지금은 대표적인 공단 도시로
꼽힌다. 일제강점기에는 일제 조병창으로 인하여 기술자, 일용직 인
부, 단순 노무자 등이 이주해 왔고 해방 후에는 일본이나 중국에서 귀
환한 사람들이 정착했으며 한국전쟁 후에는 평안도나 황해도 같은 서
북 지역 피난민들에 의해 부평 일대에 조성된 피난민 정착촌, 상이군

인 집단농장, 한센병 환자 수용소, 부평형무소, 부랑자 보호시설 등으로 인하여 인구 구성의 혼종성이 급증하였다가 산업화 과정에서 기술자와 노동자들이 대거 유입하여 오늘의 부평에 이르게 된다.

이러한 단계를 거쳐 21세기에는 이른바 '젠트리피케이션(Gentrification)'의 도시 재개발 신드롬이 불어닥쳤다. 산업화 시대에 형성된 낙후한 도심지를 말끔히 정비하고 그 자리에 첨단 고층 건물을 올리는 도시 재개발은 시카고, 뉴욕, 시드니, 프라하, 베이징, 교토 등 곳곳에서 전개되고 있다. 도심의 빈민가와 낙후 지역을 재개발을 통해 철거하고 그 공간을 중상류층 주거지나 상업 지구로 탈바꿈시키는 이 젠트리피케이션 현상은 인천에서도 뚜렷하다.

지리학자 닐 스미스는 중앙이나 지방 정부가 이를 관철하기 위해 국제적 기업이나 자본에 막대한 특혜를 부여하면서 자신의 존립과 권위를 꾀하고, 그에 반대하거나 저항하면 철저한 불관용 정책을 밀어붙이며, 그 결과로 극심한 도시 양극화가 나타난다고 분석했는데, 이러한 경향 역시 서울이나 인천에서 쉽게 눈에 띈다. 예컨대, 인천 서구 가정

동 루원시티가 그 부정적 양상을 잘 보여 준다.

그리하여 장소들이 사라진다. 이 새로운 도시에서 인간은, 장소와 인간이 맺었던 오랜 관계는 해체된다. 사람들 저마다의 경험이나 정서적 관계가 상실된다. 아파트 단지로 급변하는 인천의 옛 공단 지대들이 그 생생한 사례다. 인간적인 장소성이 상실되고, 대대적으로 공간을 해체하는 경제 권력이나 획일화된 삶의 패턴을 강요하는 문화 권력이 요구하는 삶들이 그 자리에 대신 들어선다.

특정한 지역의 역사성은 상실되고 주거 환경은 해체되며 인간적 교류와 교감의 장소성도 사라진다. 그리하여 끝내 무엇이 사라지는가? 각 지역의 특성에 따라 자연스럽게 형성되었던 공간 공동체들이 모조리 사라진다. 작은 공간들, 작은 마을들, 작은 관계들이 해체되거나 사라진다. 지금 인천은 그런 몸살을 앓고 있다.

그러므로 인천이 겪어 온 20세기의 역사를 기억하려는 노력은, 소중하다. 조용했던 어촌 마을에서 강압의 일제강점기와 압축적 근대화를 거쳐 모던과 포스터모던까지, 그 격동을 1세기 안에 다 치른 도시가 인천이다. 이 도시의 기억을 담아내고 그 흥망성쇠의 흔적을 기록하는 일은 실로 소중하다. 그것은 급속히 재편되는 인천이라는 삶의 본질을 포착하려는 의지인 것이다.

인천은 결코 저 아래쪽 송도의 조감도나 저 위쪽 아라뱃길의 조감도로 조잡하게 꾸며질 정도의 도시가 아니다. '그땐 정말 그랬지……' 하는 낭만화를 경계하면서, 인천의 집단 기억과 의지와 열정이 어떻게 이 거대한 도시를 형성해 왔는지 되돌아보아야 한다.

저 양조장의 미술가들과 배다리의 헌책방들과 콜트·콜텍의 음악가들의 노력은, 그리고 무엇보다 과거의 인천에서 태어나 미래의 인천에서 살아갈 수많은 사람들의 이러한 노력은 귀하고 아름답다.

인천의 역사를 지탱해 온 강건한 노동의 역사는 아름답다. 노동의 기억을 망각해서는 안 된다. 공장 지대의 야경을 근사하게 찍은 사진들은 그 아래의 야근이 얼마나 오랜 시련인가를 담아내지 못한다. 공장 노동자만이 아니다. 개항 이후 오늘에 이르는 인천 사람들의 눈물 한 방울! 그 투명한 액체 속의 역사는 아름답다. 청사진이나 조감도

혹은 그 무슨 테마파크식의 화려한 모형 속의 인천은, 인천이 아니다.

이 기록이 약간이나마 질량을 갖고 있다면 오로지 박제화하고 낭만화하여 끝내 망각시켜 버리는 집단적 '기억상실증'으로부터 잠시나마 벗어나고자 애쓴 덕분일 터인데, 아마도 지금 이 순간 더 깊이 있는 시선으로 인천의 역사와 삶을 기록하고 연구하는 분들에 의하여 장차 더 많은 기억들이 체계적으로 기록되어 인천의 미래가 전격적으로 밝혀지는 경지가 틀림없이 펼쳐질 것인 바, 그 장관을 기대하며 어수선한 글을 맺는다.